THINGS THAT MATTER

STORIES OF LIFE & DEATH

我们如何生，我们如何死。

DAVID GALLER
[新西兰] 大卫·加勒 著
欣玫 译

中国友谊出版公司

谨以此书纪念

阿伦·加勒（Aron Galler）
1912年10月8日—1990年5月2日

和

若莎·加勒（Zosia Galler）
1929年5月3日—2012年6月8日

目 录

第一章　　心脏　/1
　　　　　可靠，适应性强，拥有令人难以置信的力量，但有时是最笨的器官

第二章　　帽子和希望都落空　/25

第三章　　肾脏　/45
　　　　　聪明之极，如何下嘴

第四章　　现代瘟疫　/65
　　　　　困扰、拖累、压垮我们

第五章　　医药改革者　/85
　　　　　我们需要更多

第六章　　死里逃生　/111
　　　　　生死一线间

第七章　　终极礼物　/131
　　　　　生命

第八章　　医学的艺术　/153
　　　　　少即是多

第九章　　我的最佳患者　/173
　　　　　72154

致谢　/198
术语表　/199
参考文献　/205
出版后记　/206

第一章

心　脏

可靠，适应性强，拥有令人难以置信的力量，但有时是最笨的器官

心 脏
(the heart)

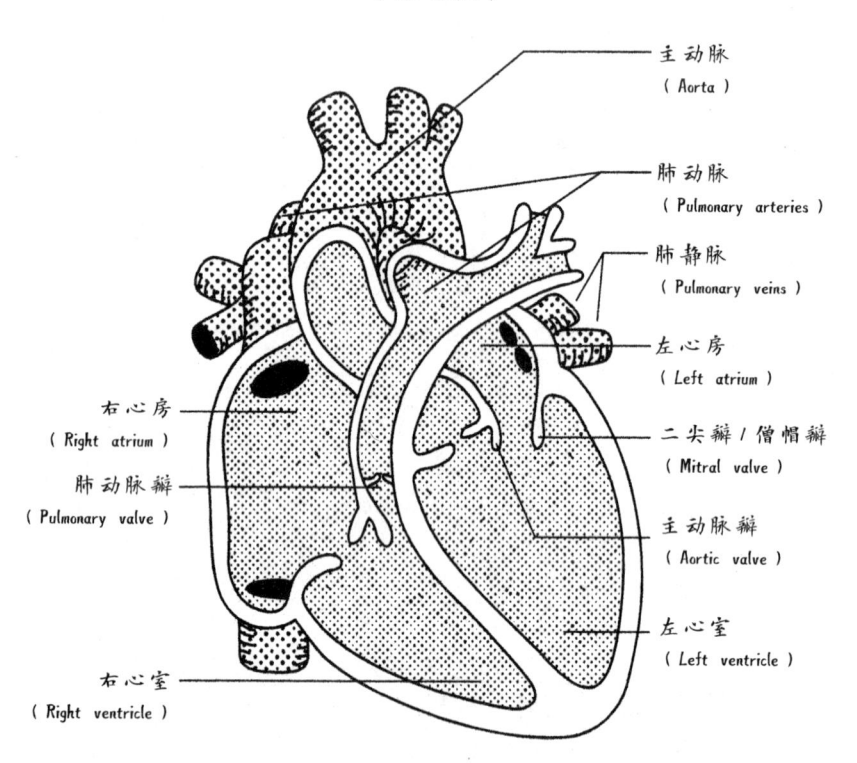

- 主动脉 (Aorta)
- 肺动脉 (Pulmonary arteries)
- 肺静脉 (Pulmonary veins)
- 左心房 (Left atrium)
- 右心房 (Right atrium)
- 二尖瓣 / 僧帽瓣 (Mitral valve)
- 肺动脉瓣 (Pulmonary valve)
- 主动脉瓣 (Aortic valve)
- 左心室 (Left ventricle)
- 右心室 (Right ventricle)

1990年5月2日，我母亲生日的前一天，清晨6点的时候，我的父亲阿伦·加勒（Aron Galler）去世了，终年77岁。当时他躺在地板上，头靠在母亲的怀里，像是受到惊吓一样，问道："怎么了，若莎？"然后，就走了。

母亲茫然失措，心神狂乱，暴怒地尖叫着，用拳头捶打着他，试图将他从死神手中拉回来。不消说，这不管用。他的心脏，身体里最笨拙的那个器官，永远停歇了。

母亲打电话给我们的家庭医生，他马上赶了过来，可是太晚了，医生帮不了爸爸。母亲给我打电话的时候，我刚醒来，准备去上班，当时我正在南奥克兰（South Auckland）的米德摩尔医院工作。

我永远忘不了那个电话，因为电话铃一响，愧疚感马上涌上心头，好像我事先已经知晓发生了什么。你知道，我并不惊讶于爸爸的去世，过去几天，我们已经在电话里谈论了很多，他向我描述了我们所玩的"渐进性心绞痛（Crescendo Angina）游戏"的情况——胸痛逐步升级，通常会导致心脏病发作，有时会心脏骤停。

我的父亲是个好人。1947年，沦为难民的他从波兰流亡到新西兰。他是位训练有素的律师，却进入了服装行业，专做女装——做生意是我们犹太人的强项。

初到新西兰，他和他的大哥欧瑟（Oser）一起生产女式外套，但是后来，经过一场可怕的争执，他们分道扬镳了。爸爸搬到了阿德莱德路的拐角处，那里可以俯瞰贝森瑞瑟板球场。他雇了十几个女裁缝，建起了一家小型服装厂，那些雇员和他一样，都是从东欧过来的难民。

爸爸善良而宽容，日子过得充满乐趣。他爱妈妈胜过一切，妈妈也几乎什么都依赖他。尽管如此，他的心脏还是罢了工，使得血液无法把氧气输送到他的身体各处。

其实这并不奇怪，他的心脏有问题已经好多年了。我和哥哥还开玩笑地把这归咎于妈妈的烹饪手艺（尤其是她做的波兰芝士蛋糕），和她一支接一支吞云吐雾制造的二手烟。芝士蛋糕就摆在厨房餐桌上，像一枚"食物炸弹"，足以让人心绞痛发作。妈妈的另一个爱好是做波兰咖啡蛋糕，这种蛋糕稍微健康一些，但是太难以让人抗拒，所以也要为父亲的倒下负一部分责任。

我的母亲名叫若莎·加勒（Zosia Galler），是一位社会名流。我家住在惠灵顿（Wellington）郊区的韦德士顿（Wadestown），常常有客人来访。大多情况下，妈妈会给他们做波兰咖啡蛋糕。这些人不少是我父母的东欧朋友，最大的乐趣就是抽烟、聊天、喝咖啡和吃蛋糕。隔夜的蛋糕总是归我父亲。每天早晨，我都能发现他穿着优雅的丝质睡衣，戴着发网，拿着餐刀，先把蛋糕上厚厚的巧克力切开吃掉，然后吃光整个蛋糕。

我的大伯父欧瑟娶了大伯母尼娜（Nina）。大伯母也是个重度吸烟者，她喜欢没有过滤嘴的开普斯登·普林（Capstan Plain）牌香烟——不像我母亲那样，偏好温和的彼德·史蒂文森（Peter Stuyvesant）牌或乐富门（Rothmans）牌。大伯父和我父亲的饮食习惯类似，喜欢吃直接从冰箱拿出来的，或还在炉子上煮的食物，不过他的口味更加重，嗜咸辣。他也死于心脏病。或许这命运会延续吧，不过纵观我们家族的历史，二战时德国人用来杀害那么多犹太人的齐克隆B（Zyklon B）毒气，最可能是置我于死地的元凶。

我是在达尼丁（Dunedin）市的医科学校读的书。大一时，我们按组分到了学习用的尸体。学校里有一间非常宽敞的房间，高穹顶，墙壁刷得雪白，房中有两排与房间同长的不锈钢桌子，那些尸体就放在桌上。房间两侧有一些高到天花板的玻璃窗，玻璃窗之间的墙上挂着展示人体不同部位的解剖图。比如动脉系统，富含氧气的血液使血管呈红色；静脉系统，血液中的氧气已被人体组织耗尽，血管呈蓝色；臂丛神经，从颈部延伸到手臂，标示为黄色；基底动脉环（Willis环），大脑底部设计完美的动脉系统，呈红色，诸如此类还有很多。其中有一幅从地面延伸到屋顶的巨幅心脏解剖图，画着各腔室和瓣膜的图案，有一处甚至展示了负责心脏节律可靠性的回路系统，而节律正是心脏的重要特征。

这么多图，却没有一幅传达出那些通常因心而生的特质，比如爱、温柔，以及与我们密切关联的各种情感。在那些器官解剖图里，看不到一丝情感迹象。这是一种历练，我小组里的很多人仍然年轻，心怀理想主义，而关于心脏的现实令他们失望又清醒。我们的心脏是棕色的、橡胶般的，散发着福尔马林的味道。站在解剖室里，我们眼前的心脏只是死尸中的一个无生命器官，很难相信它能激发出各种奇思妙想，更难以想象它曾经是一个那么复杂、精密的血肉混合体。心脏就像一台泵，仆人般地服务于我们身体更聪明的部分——大脑、肝脏和肾脏。

尽管在某些方面表现得十分可靠且令人难以置信，心脏却是人体中最笨的器官——要知道，很多人可能还是驾鹤西去最好，可他们的心脏坚持跳个不停；有些很好的人正处于生命的黄金时期，他们的心脏却停止跳动了。不同于眼睛和肾脏，我们只有一个心脏，必不可少，如果没有它，我们就没法活下去。这就像是船的主电机失灵时，没有备用品，没有海鸥（Seagull）牌舷外发动机，甚至没有一组能用的船桨。我们唯一的心脏，其健康对我们的生存至关重要，所以，现代社会投入了大量资金来了解这个人体精要装备的一切。

这使我们目前在这方面的专业知识水平高得惊人。对于出生在萨摩亚（Samoa）并患有法洛四联症（Tetralogy of Fallot，一种复杂的先天性心脏畸形，若得不到救治，必然导致死亡）的婴儿来说，已能在第一世界国家的卫生系统中找到相应的治疗方法。

多亏当地儿科医生的及早诊断，玛卡丽塔（Makalita）得以被转到新西兰，在那里修复构成四联症的四种结构缺陷。我们在这么小的婴儿身上成功做到的事，总是会让我感到惊奇。

随着人类历史代代传承，各种类型的心脏疾病已列成了长长的清单,我们每个人都很有可能不幸患病,而每种病症也都会被一系列越来越有效的治疗方法还击。虽然我们很聪明,但我们心脏的原始设计——不论是老天恩赐(G-d-given),还是经过数百万年进化而来——已被证明无法与身体匹配,就算是那些靠别人的"馈赠"(器官捐赠)活着的人也一样。这是需要保持头脑清醒的地方,也是那些寻求治愈疾病、疼痛与悲伤的人会学到的教训,因为我们的聪明才智所带来的东西,实际上可能不是你所期待和需要的。

说点题外话,英语中,用"G-d"代替"God"的习惯基于犹太律法的传统实践,其给予"G-d"的希伯来语名字以高度的尊重和敬意。简言之,这是一种示意,说明"G-d"的内涵不能仅仅被一个词囊括。虽然不是虔诚的教徒,但对我来说,用连字符"-"替代元音字母"o"增加了一种神秘感和敬畏感。

说到心脏,我们最好的办法是依靠运气的同时保持警惕。运气在于,我们有一颗健康的心脏,并且身体保持着健康的现状;要警惕的是,避免这种长期健康状态下出现的威胁。

最近,我在阿皮亚(Apia,萨摩亚首都)的摩托奥塔医院里和内科医生一起查房时,见到一位没那么幸运的年轻女子,她名叫舍帕(Sepa),24岁,来自萨摩亚最大的岛屿萨瓦伊(Savai'i),被确诊患有严重的心脏衰竭和体重下降。

很多年前,还是孩子的舍帕和许多人一样,感染了一种叫化脓性链球菌(Streptococcus Pyogenes),也被称为 A 族链球菌(Group A Streptococcus)的特殊细菌,主要症状是喉咙痛。若不用足量的抗生素(青霉素就可以)进行治疗,发展下去可能会导致心脏瓣膜发炎。

为什么会出现这种情况？很多研究都以此为课题。每一次的知识进步都会抛出很多问题和答案，但有一点很明白，这是一个"误伤"案例。这种细菌的细胞壁里有一种蛋白质，与心脏瓣膜上的蛋白质类似。我们复杂而聪明的免疫系统在开始消灭细菌的时候，本来是要给予我们帮助的，却糊涂起来，同时攻击心脏瓣膜本身。这种低级的攻击会持续进行，并且随着进一步的感染和细菌接触而加剧。最终，引起的炎症会破坏瓣膜，毁掉我们的心脏。

确诊后，只要定期注射青霉素，这种急性风湿性疾病患儿仍然能够在阻断或延缓疾病进程方面表现良好。但是，这些没有发生在舍帕身上，看着她痛苦而不安地躺在床上真令人心碎，我知道她将不久于人世。

正常情况下，心脏会像泵一样，使血液在全身循环。表面上看，这似乎是一项简单的任务，但实际上要复杂得多，我们对胸腔中的这么点儿肌肉寄予厚望，希望它有很高的可靠度。任何人，只要活着，心脏每时每刻都要跳动，1 分钟 75 跳，1 小时 4 500 跳，1 天 108 000 跳，1 年超过 150 万跳。这种表现真让人敬佩，尤其是考虑到我们现在已步入中年。

来来去去的节奏造就了每一下心跳，这也很不寻常。如果这是音乐，那就是一曲努力协调的交响曲，仅用语言无法描述。但是，我会努力试试。

心脏本质上是一台泵，由相互依存的左右两部分组成，每部分有两个腔室。左右两边的泵并行工作。每边有一个心房，血液首先进入心房，然后灌注进主要起泵血作用的腔室——心室。简单地说，心脏右侧负责与肺之间的血液循环，而左侧负责将富含氧气的血液输送到人体各组织。

这种血液的流动对我们的健康极其重要，设计也是非常巧妙，值得对其详加解释：经由静脉，心脏接收身体各器官消耗过的"蓝色"血液，获得氧气后，这些器官需要继续工作。静脉血进入心脏右侧，先注入右心房（右上方的腔室），然后随着心房肌肉的协调收缩，右心房与右心室（右下方的腔室）之间的三尖瓣打开，让心室注满血液。然后右心室肌肉开始收缩，关闭位于后部的三尖瓣，打开肺动脉瓣，射血入肺动脉。同时，右心室压力下降，于是再次被灌注血液，肺动脉瓣关闭。经由肺动脉，"蓝色"血液流向肺部，在那里吸收大量所需氧气，清除废物和二氧化碳——它们最终会被肺（另一个让人惊叹的人体器官）排出体外。肺循环的压力相对较低，与心脏左侧的情况相反。

现在，充满氧气的血液从肺回到心脏左侧，进入左心房。此时心房肌肉收缩，打开二尖瓣，使血液流入心脏主要泵血腔室——左心室。因左心室肌肉收缩，心室内压力升高，二尖瓣关闭，主动脉瓣打开，富含氧气的血液以较高压力射入主动脉，从那里送往身体各组织。由于左心室压力下降，主动脉瓣关闭，确保血液在压力下向前流入主动脉，进而进入更小的动脉，将氧气运送给所有器官和组织。

我们把心脏左侧的每次跳动叫作脉搏，按分钟计算它的速率。在手腕、臂弯、头颈上都能感觉到脉搏，有时你静静躺着，还能在脑袋里听到它。推动血液的压力叫作血压，可以用袖带环绕手臂进行测量。

支撑心脏这位了不起的"仆人"的运转系统相当复杂，上述这些简单的日常用语仅仅触及其皮毛。心脏如同舞者一般，展示着自己协调、可靠、优雅的舞姿。一段展示心脏如何工作的配乐视频肯定能成为奥斯卡的大赢家。

风湿性疾病对心脏左侧影响最大。舍帕的二尖瓣和主动脉瓣受损非常严重，因此大量本该向前流动的血液倒流回心脏。这导致她的肺充满液体，呼吸困难，腹腔也满是液体，而且肝脏充血。她的心脏损坏度极高，唯一的希望是转院到新西兰做手术，但当她到达我们医院时，病情已经严重到来不及再转院了。尽管得到了全力救治，舍帕还是在入院3天后去世了。

在很多发达国家中，风湿热很大程度上已经被根除，但在有遗传倾向并伴有过度拥挤和贫困等环境问题的人群中仍然存在。毛利孩子和太平洋岛国的孩子患病风险尤其高。在萨摩亚和新西兰的一些地区，如北部地区（Northland）、南奥克兰、东开普（East Cape）、波里鲁阿（Porirua）等地，该病的发病率之高让人难以接受——这些地方人满为患，经济衰弱，而且人们得不到及时的医疗服务。

我父亲死于缺血性心脏病，因输送血液和氧气到心脏的动脉越来越狭窄所致，这种症状在他50岁出头的时候开始明确表现出来。

爸爸睡眠很好，不像我，他可以睡到上午很晚才醒。他比较内向，这点也和我不一样，没人知道他的焦虑或担忧。他的心脏问题在55岁（一个还年轻的年龄）时，变得明显起来。一天早上，他一反常态，起得很早，不想吵醒我母亲，独自去了厨房，痛苦地抓着胸前的衣服，呼吸急促，感觉湿冷，后来他告诉我说当时觉得要死了。他以为是胃不舒服，不愿意打扰任何人，决定喝点牛奶缓解。谢天谢地，母亲发现了他，叫了救护车。

医护人员认为这是心脏疼痛，于是给了他氧气袋帮助呼吸，在他舌下喷了点儿硝酸甘油，然后静脉注射小剂量吗啡，疼痛缓解后立刻把他送去了医院。他们判断得很准确，爸爸的胸痛是典型的心绞痛，是心脏细胞缺氧时发出的尖锐而骇人的求救信号，当时的心电图（Electrocardiogram，ECG）证实了这一点。这是心脏病发作所致，对他的心脏造成了永久性的损害。住了几天院恢复过来后，他带着大量药物回了家，医生还给了他一些关于锻炼计划的建议，但是被他直接忽略了。

新西兰每年都有成千上万的人死于缺血性心脏病。风险最大的就是我们这些有家族病史的人。吸烟、糖尿病、高胆固醇、高血压、不良饮食习惯、缺乏锻炼，这些因素会使病发和死亡的风险增高。

父亲不愿立即寻求帮助，这可能对他的心脏造成了不可逆损害。但就当时的情况来说，他也算幸运，心脏仍然保持着自己的节律，如果不是这样，那后果可能是灾难性的，有时甚至是致命的。

7年里，每隔一周，我都会从奥克兰的家中赶往惠灵顿工作。我完全是在自己找罪受，兼任着首席医学顾问，同时向卫生部部长和总干事负责。这很有趣，但也让人精疲力竭，每到周末，我唯一能想到的就是回家。

一个冬日的星期四下午，我排队等4点的飞机回家，碰巧和

第一章 心 脏 11

排在我前面的一对看起来生活富裕的中年夫妇对视了一下。一般和陌生人做眼神交流时，我们会以那种礼貌的方式简单地相互认可。登机后，在1小时的航程里，我竭尽全力把自己的思绪投向下周的工作。突然，高级空乘面带焦虑地走过来，从我头上的储物柜里拉出一个氧气瓶。"需要帮助吗？"我问道。

"你是医生？"她满怀希望地问。

我站起来，跟她往后走到第13排，坐在那里的正是那对夫妇。穿着考究的男士坐在靠过道的位置，向前瘫软着，呼吸声很大，嘴唇发紫，已经失去了意识。

我从空乘苏（Sue）的手中拿下氧气瓶，马上把面罩戴在男士头上，同时把他的下巴往前拉。很快，他脸上有了血色。后面的乘客也注意到了这一点，帮忙观察着他："他脸色看着好多了。"

向他的伴侣做自我介绍时，我本能地感觉到他颈部的脉搏规律而强劲，于是安下了心。这对夫妇，玛利亚（Maria）和唐（Don），正在去美国的商务旅行中。玛利亚告诉我，唐今年58岁，平时身体健康，无心脏病史，不过在服用高血压药物。她正在说话，突然之间，唐的脉搏消失，停止了呼吸。

用医学术语来说，这叫心搏骤停，是一种血液不再从心脏流出的状态，意味着没有血液或氧气被输送到人体各器官组织。如果不立即治疗，人就会死亡。如果体内循环不能及时恢复，组织缺氧会导致身体不同程度的损害，其中大脑损害尤为严重。

我抬头看向苏，她也看着我。"心脏骤停。"我低声说。她立刻朝飞机前部点了下头。

在另一位乘客的帮助下，我们把唐抬出座位，搬到飞机前部,同时扯掉他的夹克,撕开衬衫。苏打开飞机上的医疗箱,我开始给他做心肺复苏(Cardiopulmonary Resuscitation, CPR),按压胸部每分钟约100次。

这种情况下,最有可能造成心脏骤停的原因是心律失常,也称为心室纤维性颤动(Ventricular Fibrillation, VF)。发作时,所有单条心肌纤维相互独立收缩,而不是以协调的方式将血液压出心脏,流向人体各组织。心室纤颤中的心脏扭曲、蠕动、挣扎,不再是泵,样子看上去就和其带来的后果一样可怕。

缺血性心脏病患者如果发生心室纤颤,可能会引发全面的心脏病暴发,或是更多次的轻微缺血症状发生。这时,用除颤器电击心脏有可能立即使心脏节律恢复正常。

"医疗箱里有除颤器吗?"我一边问,一边继续按压胸部。每按 20~30 次,短暂停顿一下,把面罩牢牢罩在唐的脸上,用气囊给其供氧呼吸。每次我这样做,他的胸部都会隆起,这让我很欣慰。

更让我感到欣喜的是,飞机上有自动体外除颤器(Automatic External Defibrillator, AED)。外壳黄色,是飞利浦出品的。"请奏效吧,"我想,"是的,一定要帮忙起效啊!"

这种仪器便宜而精巧,是为没有经过心肺复苏培训的非专业人士设计的,已经拯救了全世界成千上万的生命。苏沉着冷静,将电极片贴在唐的胸部,一片在胸壁中间线左边,喉咙下方,另一片在胸部的左侧面。AED 会检测病人的心律,告诉你有什么问题,如果需要,将自动对胸部进行适当电击,以使患者心跳恢复正常。

这台AED还有个小屏幕，可以显示病人的心律。我们一贴上电极片，造成唐心脏骤停的原因立即显现了出来，就是心室纤颤。屏幕上出现了室颤的警示图案，参差不齐的、混乱的线条图案不断波动。还没等我说话，AED已经激活电击功能，并用美国口音提示："不要接触病人！可电击复律。可电击复律。不要接触病人。不要接触病人。"

然后，嘭！200焦耳的能量经过电线、电极片射入患者胸部，穿过其蠕动不安的心脏。

看，短暂停顿后，小屏幕上出现了更有规律的波动图像，我们称之为正常的窦性心律。我再一次感觉到了他颈部曾消失的脉搏，起初较慢，略显虚弱，脸色也还是发青紫。然而，随着更规律地吸入氧气，唐的脸色逐渐红润起来，心率从每分钟30跳上升到60跳，90跳，直至110跳。尽管仍然处于深度昏迷状态，但我能感觉到他再次开始自主呼吸了。

直到这时，我才第一次抬起头来，发现自己被挤在飞机第一排座位的窗户边。唐的腿横跨过道，伸到了病人登机的区域。整个世界仿佛已经静止了，飞机上鸦雀无声，几乎可以听到针掉落到地板上的声音，其他乘客围着我，瞪大了眼睛。

我对面是新西兰副总理，几年前我曾因健康政策与其发生过冲突，我心想："你这个家伙！只做个'公仆'挺不错啊？"他扭头看向别处，没有任何承认的迹象，甚至没有微笑，眼睛都没眨一下。

虽然感觉像过了一个世纪，但其实这一切只花了不到5分钟。我们已接近奥克兰，唐开始有苏醒迹象，但表现得很烦躁——这是个好现象，但是可能对现状没什么帮助，所以我在他手臂上打了点滴，给他用了小剂量的镇静药，让他保持平静，直到我们抵达奥克兰。

着陆后，其他乘客从后门离开，接着医护人员上了飞机。我们给唐做了插管，在他的气管里放入呼吸管来控制他的呼吸，让他在乘救护车去米德摩尔医院（我的第二个家）的路上更安全。

唐的状态不错。给镇静药、上呼吸机，我们尽了最大的努力，争取让他的神经系统恢复得更好。几天后，我们停掉了让他一直睡觉的药物：异丙酚（Propofol）、芬太尼（Fentanyl，一种短效麻醉药）。这样我们就能看到他恢复得怎么样了。

他顺利地醒了过来。我们告诉他发生的一切后，他笑了。我永远也不会忘记那个开怀而舒心的笑容，仿佛他本能地知道自己曾离死神有多近。短暂的昏死过去，然后复活，这是多么不可思议的好运啊。完全康复后，唐恢复了正常生活。

他的夫人送了我一件衬衫作礼物，很漂亮，我每次穿上都会想起他们俩。我认识他的家庭医生，所以现在也偶尔会了解到他的现状，他还在工作，但是离婚了！听到这个消息我很难过，不过我想，经历了那样的生死历险后，人哪能没有任何变化呢。

他真的很幸运，因为在医院外发生心脏骤停的病人，其结果往往很难讲。对于那些因心室纤颤而倒下的人，立即除颤最有可能使他们完全恢复。很多立刻接受有效心肺复苏与除颤急救的心脏病发作者，可以很快恢复正常的心脏功能，但是如果周围没有人帮忙，结果会很糟。

唐的命是被立即拿到的AED挽救的，它物美价廉，而且易于使用。在某些地方，比如美国的西雅图（Seattle），有人心脏病发作时，急救服务人员甚至会指挥旁观者找到距离最近的AED。你知道离自己最近的AED在哪里吗？最好掌握它的位置。如果附近没有，你或你的雇主也许应该买一台，并且确保办公楼里的人们知道它的放置地点。说不定有一天，你或你的同伴会面带微笑地醒过来，成为越来越多的死而复生者中的一员。

如果结果不好，将导致大脑损伤——大脑组织连超过几分钟的断氧都无法忍受。可悲的是，大脑中最可能首先遭到破坏的是确立我们独特个性的那些部分，它们目前已进化到使我们有别于其他形式的生命体，赋予了我们各种能力，比如社交、记忆、认知、爱和奉献。

我父亲是有足够的理由发生心脏骤停的，但和他不一样，这种可怕的事故也可能光顾年轻人及看上去很健康的人。蒂艾偌（Tiara）就是这样，20岁的学生，生气勃勃，在离家很远的大学里读商科专业。

像她的很多朋友一样，她学习很用功，不过也喜欢社交。一个星期五的晚上，她和朋友出去，在酒吧里跳舞狂欢，直到第二天凌晨。尽管事情过程已无法清晰还原，但似乎蒂艾偌到家时刚过凌晨2点，然后她直接上床睡了。大约1小时后，她的室友听到蒂艾偌卧室里有声音，于是进去查看。根据他们后来描述的情况得知，蒂艾偌当时好像在抽搐，在床上不停抖动，对外界没有反应，口吐白沫。他们连忙叫了救护车。

救援到达时，蒂艾偌已停止了呼吸，脸色呈青紫色。两名医护人员效率很高，立刻明白蒂艾偌的脉搏停止了。于是，其中一人开始做心肺复苏，另一人迅速给她贴上除颤器电极片和导线，仪器上显示出一条平线，这表明心脏停跳，没有任何心电节律。医护人员马上将呼吸管插入她的气管，输入一些氧气。此外，在维持呼吸的间隙，从手臂上静脉紧急注射了2毫克的肾上腺素，以刺激心脏起跳。这期间，按压蒂艾偌胸部的心肺复苏动作一直在持续，每分钟约100次。我太熟悉这些步骤了——胸部按压、氧气呼吸、静脉注射肾上腺素，在接下来的20分钟内，这些步骤会重复很多次。

突然，蒂艾偌的心脏重新急速跳动起来，像是要蹦出胸腔，但不久就恢复了它的规律性，就像什么都不曾发生过。她有了脉搏，脸色也很快好转，但在去医院的途中仍然昏迷不醒。

一些像蒂艾偌这样心脏停跳时间较久的人，如果能坚持做心肺复苏，常常会恢复心跳，但其他地方可能已经造成了损坏。对于医务人员来说，不论患者的心脏已经"停摆"了多久，一旦恢复心跳，之后就变成了一场"等待游戏"，要对任何造成心脏骤停的明显诱因进行治疗，实施恰当的损害控制措施，让大脑有最佳的恢复机会。

尽管涉及心脏骤停的病例似乎并不预示着良好的恢复——比如这种情况，心脏长时间停跳，在其自主循环系统恢复之前，旁边的人没有对病人进行心肺复苏急救——但我们没有技术也没有设备做出更准确的判断，只能等待。通常要等上几天，在这期间病人处于诱导性昏迷中。然后在恰当的时机，通常是心脏停跳后72小时，停止使用让他们保持沉睡的药物，再次检查身体状况。对于急切等待好结果的心烦意乱的病人家属来说，这段时间非常糟糕，交织着恐惧、希望和祈愿。

蒂艾偌的心脏骤停很可能是长时间癫痫发作和缺氧的结果，后者常常伴随着癫痫出现。我们可能永远找不出她癫痫发作的原因——她以前从未发作过，而且我们给她做了测试来识别潜在原因，包括全面的毒理学筛查，寻找药物摄入的证据，结果为阴性。

心脏，这个在很多方面都值得我们信赖的仆人，是个有弹性的器官，忍受缺氧的能力比别的人体器官，尤其是大脑，要好得多。大脑，这个界定我们本质（我们到底是谁）的人体器官，可能只能忍受缺氧 2～3 分钟，如果持续时间太长，就会造成一些损害和持久性影响。从表面判断，蒂艾偌的情况十分令人担忧，医护人员在她发病 5 分钟后才到达，在她最终"重启"自己的心跳前，还做了 20 分钟的心肺复苏。

最初发现心跳停止，看到屏幕上那条直线时，也让我们很担心。如果我们的分析准确，即心脏骤停是长时间癫痫发作的结果，而且在这很长一段时间里，她的呼吸非常困难，使身体组织严重缺氧，那么在心跳停止前，她的大脑肯定已经遭到了严重破坏。

事实证明确实如此。蒂艾偌被送进医院的重症监护室（Intensive Care Unit, ICU），最初几天一直服用镇静剂异丙酚，使用呼吸机，同时医护人员集中精力治疗和护理，为恢复她的大脑功能创造最大机会。她的体温控制在 36.5℃，病床在头部抬升 30 度，血压、血液中二氧化碳和钠的含量都被设法控制，以最大限度减少大脑水肿。这些治疗持续了 72 小时后，除了一天两次的短期使用，镇静剂被停掉，以使蒂艾偌"苏醒"，从而让我们对其病情进行准确评估。

异丙酚是一种看起来像牛奶的乳白色静脉注射药，我们会根据病情调整它的使用剂量，使重症监护病人保持镇静或麻醉状态，现在我称其为"迈克尔·杰克逊（Michael Jackson）药"。迈克尔·杰克逊的事件令人非常难过，不当使用异丙酚看上去与他的死亡有牵连，而且几乎可以肯定过程无人监控。

在我们手里，异丙酚是一种安全而极其有用的镇静剂。它的影响只会短暂停留，所以一旦停用，病人体内就会呈现"干净"状态，不会被其他药物扰乱，使我们能对他们的意识水平做出准确的临床评估。

床边评估非常简单，不涉及昂贵的技术或测试，以临床观察和病人对简单刺激的反应为基础。对于心脏病发作的病人，我们对其期望的最好结果是停用镇静剂后正常苏醒，睁开眼睛，能理解问他们的问题并做出适当反应，通常，我们会从这些问题开始：睁开你的眼睛，握紧我的手，伸出你的舌头。

最坏的结果是病人完全不醒，仍处于深度昏迷，他们的眼睛闭着，对声音或痛感物理刺激毫无反应。在最好与最坏结果之间，存在着一系列与结果相关联的反应，它们构成了格拉斯哥昏迷评分法（Glasgow Coma Scale，GCS）的基础。该方法由英国格拉斯哥大学的两位神经外科教授格雷厄姆·蒂斯代尔（Graham Teasdale）和布莱恩·杰内特（Bryan Jennett）首先提出，描述了与大脑损伤相关的意识水平，评分范围从正常（15分）到最差（3分）。它是现在日常医学的组成部分，不论病人因何昏迷，都可以用它来评估其意识水平。

进入重症监护室24小时后，蒂艾偌仍然上着呼吸机，用着镇静药，状态看上去还不错。走近她的床边，会有一种安详的气氛，一切都很整洁。我用小手电筒照她的瞳孔时，光很亮，瞳孔快速做出了反应。她头部上方的监护仪发出规律的哔哔声，说明脉搏稳定，让人安心；屏幕上也显示着正常的心率、血压和血氧饱和度，蒂艾偌的所有血液指标也都回归了正常范围。她盖着干净的被单，头发清洗过了，梳理得很整齐。如果不是嘴里插着呼吸管，你可能会认为，她只是一个安眠的美丽女孩。

一直在床边的护士停掉了每小时 10 毫升的异丙酚注射，我们静静等待着。虽然异丙酚的效果几分钟内就能消退，但有时病人会需要更长一点的时间来从昏迷中苏醒。这第一次，尽管已经等了半个多小时，但蒂艾偌仍然没有自然醒来的迹象，唯一的变化是她开始有一些自主呼吸。她的眼睛仍然闭着，对我按压她的眉骨的动作没有痛感反应，按压手指和脚趾甲床也没有反应。她的昏迷指数（GCS）为最低分，3 分，这真让人担心，不过也不算意外。

蒂艾偌家有 7 个孩子，她是老大。她母亲 3 年前去世了，其他兄弟姐妹和父亲及两位姑母住在自家农场里。我们停掉异丙酚时，她所有的家庭成员都在医院，和我在一起。此前我们已经谈过话，一开始是通电话，后来我和到达医院的不同家庭成员进行了多次正式的会谈。尽管谈了很多次，我也对不知能不能治好她表现出了明显的焦虑，但他们是虔诚的信教家庭，一直比我更乐观地相信蒂艾偌会有一个好结果。

接下来的几天里，我们重复着这种做法，停掉异丙酚，让蒂艾偌醒过来。每次她都有一些变化，但没有一次表现得特别有希望恢复良好。她的呼吸会加快、加深，身体会出汗。又过了些天，眼睛会因痛感刺激而睁开，瞳孔能从一边转到另一边，肩膀向内收再展开，手臂和腿会绷紧。我知道这些都是神经严重受损的标识，但是她的妹妹阿普里尔（April）觉得蒂艾偌认出了她，并对她的声音有反应。我看不到这些迹象，我只知道，时间过去得越久，和她的家人讨论下一步就会越困难，但这是必要的。

我适时做了解释，尽管我们尽了最大的努力，但蒂艾偌不但不会有好转，而且最有可能的是恶化，这一事实可能会变得越来越明显。如果是这样，那么我们持续的积极治疗将不会再有治愈她的希望。我询问他们，若这种情况发生，是否同意我们的计划，认识到医疗手段有局限性，将注意力从治愈转向保持蒂艾偌的舒适度。我们的目标是让她回到更自然的状态，或者像我常和一些病患家属说的那样，把她交到上帝的手中。

我谈到，如果我们根本什么都做不了，却假装能治好她，那是不诚实的。如果我们的介入不会带来任何希望，那继续做下去就是延长折磨，是对希望的一种侮辱。如果我们很清楚办不到，却让病患家庭相信能够治愈、恢复，那就是在说谎。这对我们全体医务人员和整个医学科学的可信度都是极大的伤害。在其后的10天里，这就是我们讨论的中心。

在这个阶段，蒂艾偌已可以自主呼吸，不再使用呼吸机了。她靠鼻饲管进食，管子穿过鼻孔，从咽喉后部下行，通过食管，进入胃中。在此期间，我和她的全家人达成共识，如果病情恶化，将不再使用呼吸机这种升级抢救手段。

尽管多数时间里，蒂艾偌都处于深度昏迷，没有什么动作，但是那种"生理性痛苦"的发作却越来越频繁,这可能是由听到的声音触发,也可能是由触碰刺激引起,她的呼吸会再次急促,脉搏加快,大汗淋漓,四肢扭曲或强直,这真糟糕。据此,我确信,她不会再"回来"了。

那些异常动作发作加剧,所以我和她的家人再次讨论了她的意识水平问题,以及她是否能感受到我们如此明显的痛苦心情。越来越多的家人能够明白我的意图,但仍有少数人坚信她会有所改善,相信上帝会拯救她,奇迹会发生,而这只是对她的考验,只是个过程,最终她会好起来。

这里面最坚定的是她的妹妹阿普里尔,她和蒂艾偌一样是大学生。她深爱着姐姐,正是这种爱、忠诚、"不屈服"的责任感变成了障碍,使她无法接受这个事实——没有什么能使蒂艾偌恢复到过去,那个姐姐快乐、聪明、风趣,是她最好的朋友的过去。或许我对此理解得慢了点,但在我们的交谈达到了新的、更有意义的层次时,我也渐渐认识到了阿普里尔对姐姐的爱和忠诚,并为此而感到安心。

很快,我们一致为蒂艾偌定下了新目标:不说不可能,而是假装能使她恢复到过去的样子,只是我们优先考虑的是维护她的尊严,保持她的舒适度。

于是,我们开始了此前大家已同意的低剂量药物注射,像调制鸡尾酒一样混合吗啡、氟哌啶醇(Haloperidol)、东莨菪碱(Hyoscine)等药物,只在蒂艾偌的腹部皮肤下持续、缓慢给药。不到1个小时,她和房间内的气氛都变得安静、平和了下来。一夜的平静让我们和阿普里尔进行了一次新的关于蒂艾偌的交流,我们谈到她的童年，谈到那些有趣的或傻傻的事情，或哭或笑，都是这个挚爱她的妹妹伴随她成长的重要组成部分。那对11岁的双胞胎弟弟，曾经惊恐万分，现在似乎也放松下来，睁大眼睛看着周围事情的发展。他们的父亲约翰，妻子死后就像变了个人，现在也能渐渐露出微笑了。几天后，最终，蒂艾偌安详、平静、自由地走了。

第二天，我和她的家人最后一次见面，他们表现得很平静。蒂艾偌的姑母蒂娅（Tia）把我拉到一边，感谢我，并带着释然、能接受现实的态度告诉我，蒂艾偌是在第9天，也就是9日祈祷礼（novena）的最后一天去世的。我微笑着，但并不明白她的意思。

父亲的死仍然萦绕着我，尽管随着时间的流逝，我已经在很多曾自责了很久的事情上原谅了自己。

我怎么没早点儿去惠灵顿呢？或许我能做更多的事情来帮助他？我能做些什么？建议他回医院？

爸爸讨厌医院。在最后一次承认胸痛到去世前的10年里，他变得有些精神错乱，经常做噩梦。他知道发生了什么，并对医务人员治疗他的方式深感痛苦和屈辱，于是自己签字出院，再也没回来。实际上，他直接去找了家庭律师（一位昂贵的、签字横跨整张A4纸的律师），签署了预先医疗指示，声明不论处于什么情况，他都不会再回到惠灵顿医院。父亲有时会像这样，头脑发热一下。

如果当时我在家，能帮到他吗？他死的时候只有母亲在身旁，这公平吗？

第一章　心　脏　23

我知道，如果当时我在那里，母亲会希望我救活他，但是我也知道，父亲从来不想要那样。如果我在，却没有进行尝试，或者试过却失败了，我不确定母亲心里是否能原谅我。

如果当时我在，起码可以最后一次告诉爸爸，我有多么爱他，多么尊敬他。

他知道这些。但是直到今天，很多事情仍然盘踞在我的脑海里。

"生命的终点很要紧，"阿图·葛文德（Atul Gawande）在他的《最好的告别》（*Being Mortal*）一书中写道，"生命的终点很要紧，因为我们不会忘记它，并将始终伴随着它，成长，老去。"

第二章

帽子和希望都落空

呼吸系统
(the Respiratory System)

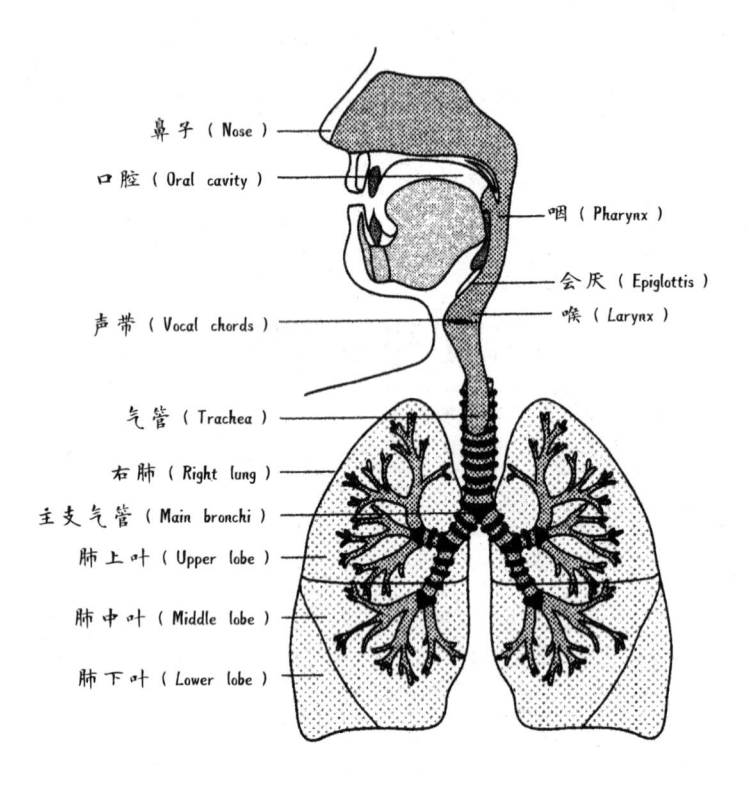

鼻子 (Nose)
口腔 (Oral cavity)
咽 (Pharynx)
会厌 (Epiglottis)
喉 (Larynx)
声带 (Vocal chords)
气管 (Trachea)
右肺 (Right lung)
主支气管 (Main bronchi)
肺上叶 (Upper lobe)
肺中叶 (Middle lobe)
肺下叶 (Lower lobe)

和我的哥哥一样，我顺利地度过了儿童期和青春期。很多人却没有。这并不是说我们不曾身处险境，我们都遇到过意外，只是每次都被周围的环境所拯救，而不是靠运气，很多人却没有这份保障。

我的父母是逃亡到新西兰的波兰犹太难民，吃猪肉，用牛奶发酵来制作酸奶。我们住在惠灵顿的一所房子里，家里总是挤满了名字陌生的访客，他们相当闹腾，引人注目。

毫无疑问，父母深爱着我们兄弟俩，所以即使我们曾经历过与死亡擦肩而过的意外，仍然能够充分体谅和理解他们作为父母的一些不足。他们在另一个充满动荡和苦难的时代长大，以致于像做饭这样的简单日常事务都不得不重新学起。

奥斯威辛并没有开设育儿课程，所以，谁能因为哥哥的"生长迟滞"（出生后几周内持续体重减轻）而责备母亲呢？她是新手妈妈，生了第一个孩子，才回到他们小小的家中。她还在努力攻克英语，好能完全弄懂婴儿配方食品的调制说明书。

我的哥哥尽了最大努力，还是不能从奶嘴里吸出装满瓶子的黏稠液体。可怜的莱斯利（Leslie），极其艰难的动作加之吃不饱几乎要了他的命，不过在最后关头，我们的家庭医生救了他，"英雄"哈丁（Harding），一位很有耐心的男人，穿着三件套西服，戴着帽子，非常值得信赖。有一天早上，他来我们家，只是观察了一下母亲做事，就立即看出了问题所在。

我第一次死里逃生的经历发生在几年后，当时我6周大。我们住在帕尔默街的小房子里，在以前的惠灵顿网球俱乐部附近。妈妈独自在家照看我，莱斯利在一个天主教幼儿园里（就在贝森瑞瑟板球场附近，那是我们家的另一次历险），爸爸在工作。

那是冬天，屋里很冷，我在卧室熟睡，窗帘碰到加热器着火了，而妈妈正在屋后面的厨房里。幸运的是，父亲回家吃午饭，看到窗户在冒烟，马上大喊着冲进卧室，把我从婴儿床上抓起来扔到窗外的草坪上，事后母亲只是因为我可能会感冒而狠狠责怪了他。不用多说，你看，我还活着。

莱斯利6岁时被公交车撞到了，股骨骨折。他在惠灵顿医院住了6星期，腿一直被牵引着。那时候，医院是在严格管理下运转的吓人机构，不过里面的人都医术精湛且心地善良。当时，即便是儿童病区，探视也被限制在下午和晚上各两小时。这让父亲无法忍受，他曾经顺着排水管爬上二楼，只为了看一眼我哥哥，也让哥哥看到他。从那时起，爸爸就开始讨厌医院，直到他去世的那一天。

多么出人意料啊，其后他的两个儿子都在惠灵顿医院那样的医院里度过了他们的整个职业生涯。我乐于把这想象成"爸爸赋予我们的使命"，以使其更人性化。

在国外工作很长时间后，我结束了研究生学业回到了奥克兰。当时奥克兰的医院，包括米德摩尔医院、格林兰医院、奥克兰医院、玛丽公主医院，都是奥克兰地区健康委员会的成员。恐怕只有这一点和让人不断抱怨的医生停车场这两件事是它们的共同点，其他方面则非常不同，有着迥异的文化。

当时，区域麻醉服务中心的主管是一位杰出人物，瓦特博士（Dr. Watt），他高挑，英俊，充满智慧，有一头整齐干净的银白头发。他一眼看出我属于米德摩尔，而且会很高兴在南奥克兰做"上帝的工作"。毫无疑问，我不是那种穿着厚底鞋的"尖脑袋教授"，所以去了米德摩尔医院，时至今日，我仍然感谢他的指引。

我之所以把这称为"上帝的工作"，是因为在南奥克兰能够很明显地看到对医疗的需求如潮涌般增长，而且势头不减。尤其是儿童健康领域，教育落后、住房紧缺、家庭收入低，各种因素造成了极其恶劣的影响。

一个突出的例证是，20世纪90年代早期至中期，那里出现了因B群脑膜炎奈瑟菌（Neisseria Meningitidis Serotype B），也称为脑膜炎球菌（Meningococcus），而引起的儿童流行病。这种细菌生活在我们之中15%的人的鼻腔里，能通过打喷嚏、咳嗽、唾液接触传播。虽然造成流行病暴发的原因很复杂，包括很多因素的变化，但公认的看法是，这次的引爆点是1991年取消了房屋福利。这迫使很多家庭在拥挤不堪的房子里一起生活，因而增加了接触更多人的风险。这次暴发同样清晰地表明，孩子患脑膜炎的概率与住在房屋内的成年人数量有关。

不出所料，感染率最高的是生活在毛利人聚居区和太平洋岛屿的 5 岁以下儿童，其中很多孩子被送进了米德摩尔医院的重症病房。这种我们称之为脑膜炎球菌血症（Meningococcemia）的传染病是系统性疾病，因细菌进入血液引起，会导致器官功能快速进行性恶化，主要表现为严重休克、呼吸衰竭、意识水平低迷、有出血倾向——最初是皮肤上出现小面积针尖状出血点，然后是蓝色的没有变黄的瘀伤，我们将其称为瘀斑。儿童的体能不如成年人，所以病重后，很难进食饮水，和婴儿一样，会迅速发展成低钙和低血糖，非常危险，如果不及时救治，只靠自我恢复，将有生命之虞。

这种病的症状类似普通的感冒和流感，发烧、头痛、恶心、流泪、喉咙痛、流鼻涕、咳嗽，所以最初很难被诊断出。一些有这类症状的小孩看过医生后就回了家，后来病情加重了才返回医院。因此，一小部分孩子死在了家里，非常悲惨。

流行病暴发的最初几个月里，我们米德摩尔医院的急诊科每天都会收进 1～4 名病情危重的婴幼儿。有些孩子死了，还有很多孩子留下了严重残疾，因为这种病会造成毛细血管堵塞，阻碍血液循环，导致手指、脚趾坏死，严重的甚至会使整个手臂或腿被截肢。

我们很快从那些死亡病例上吸取了教训，更加注重对那些孩子的治疗，在社区管理方面也是如此。随着疾病流行消息的扩散，居民们也提高了警惕。他们提前带出现各种早期症状的孩子看医生，来我们的急诊科。家庭医生一边加速给这些孩子注射青霉素，一边给另外的孩子叫救护车。

这次流行病的高峰出现在 2001 年，当年发病 650 例（每 10

万人 17.4 例），最后在 21 世纪最初 10 年中期因一项免疫活动而终止。在 1991 年到 2007 年间，脑膜炎球菌病一共造成 252 人死亡。

多有讽刺意味啊，这种毁灭性的、险恶的疾病，居然是由一种对青霉素非常敏感的细菌引起的，而早在 1928 年，亚历山大·弗莱明（Alexander Fleming）就发现了青霉素，我们最初的抗生素。就算是最严重的病例，3 天的青霉素静脉注射治疗也能清除体内的脑膜炎球菌。要是当初使用足够的青霉素来终止这种可怕的疾病蔓延，该有多好啊！

我们的人体是生物化学和生物学的复杂混合体，像一锅沸腾的汤一样，里面是众多的分子和生化反应，不停地把我们拉向左边、右边、上边、下边。我们健康时，这种推拉行为似乎能使我们的身体保持独特的平衡，有个概念叫体内平衡（homeostasis），用以描述系统的属性，在这样的系统中，变量可以调整，使得内部环境保持稳定和相对恒定。

重病和受伤会严重破坏这种精妙的平衡。所以尽管可以注入抗生素来杀死致病细菌，感染仍然会继续蔓延。

我有时会用另一个类比——多米诺骨牌——来向病人家属解释这一点。想象排成一列的多米诺骨牌，拿出任意一张牌，这一列中的其他每一张牌就都属于新的列了，然后从新的列中再任意拿出一张，又会出现更新的列。

疾病初发时，就像有只靴子踢翻了一部分多米诺骨牌。牌倒下后，周围越来越多的牌也会翻倒。牌继续倒下的概率和程度与患者自身的独特因素有关，比如他们的基因组成、已经遭受损害的强度和性质，我们提供治疗的及时性、有效性和准确性等。

尽管移除了靴子，或者说用抗生素杀死了细菌，疾病或损伤造成的后果仍将持续，这会威胁到一些人的生命，而对另外一些人来说，可能会致死。

乔希（Josh）刚庆祝了自己的 21 岁生日。他是个可爱的年轻人，非常喜爱运动，现在大学快毕业了。表面上看，他就跟很多同龄人一样，但其实有区别。仔细观察，你可能会注意到，他双手的指尖缺失了一部分。如果他穿短裤，你能看到他的义肢——在他还是婴儿的时候，脑膜炎球菌病夺去了他的一条腿。

只有 5 个月大时，乔希生病了，他的妈妈对此记忆犹新。一天下午 5 点左右，乔希发起烧来，很快就变得昏昏欲睡、烦躁不安。妈妈以为他饿了，就试着喂他，可是乔希太困了，根本没兴趣。在被送到急诊科时，他的体温高达 40 度，呼吸急促，正在为维持血液中正常的含氧水平而挣扎，这种状况我们称为缺氧（Hypoxia）。他的心跳加速，血液循环状态很差，手指冰冷而发紫。对于健康小孩，按压手指尖时皮肤会变白，放开后，应该在 3 秒内红过来，这叫毛细血管再充盈时间（Capillary Refill Time），但对于乔希，这个时间长达 6 秒，相当缓慢。

问题显而易见，他像此前的很多人一样，得了脑膜炎球菌病。很快出现的身体瘀斑警示了这一点，一开始很稀疏，只是在胸部和腹部出现一些针尖大小的红蓝斑点。尽管起初较易忽略，但它们很快就变成了患病的证据，我们看到，他的部分手指和脚趾颜色变得斑驳、发黑。

那时是 1997 年，我们对这种疾病的研究还没有取得跨越式的进展。我们不再对乔希这样入院的小孩采用温和的治疗方法，因为我们已经见过太多的死亡了。我"接管"了他的气道，高流量给氧，另一位医生在他脚上做静脉滴注，同时抽血。他的血糖水平很低，所以我们直接给他推注了50%葡萄糖、一些钙、每公斤体重适用20毫升的液体，以及大剂量的抗生素。

在做所有这些时，我们打算使他昏睡，以便治疗。于是，我们给了他小剂量的药物，让他沉睡不动。然后，一根呼吸管通过他的鼻孔，从声带之间下行至气管。紧接着，我们给他插了鼻胃管，从他的胃里排出了可怕的黑色液体，几乎可以肯定，这由陈旧的血液和胃酸组成，是病重小孩身体里典型的堆积物。

上了呼吸机后，我们继续给他输入更多的液体，同时注入药物，以改善他的心脏和血液循环功能。

治疗这样的重病需要经过几个不同的阶段，可能会用到多种方法。最初，病情急转直下，器官功能不断恶化，极度靠近死亡，我们必须努力控制患者的生理机能，极力减缓、扼制这种发展态势，积极使用液体复苏和药物来改善血液循环和换气功能，同时紧急透析，让患者体内环境恢复到更正常的状态，使各个器官运转起来。运气好的话，病人随后会有一段相对稳定期，我们会继续用设备和药物支持器官功能，希望病人能有力量好转，并在我们的帮助下抵御新的感染攻击，以及因多方面治疗而引起的并发症。

接下来的几个小时里，我们努力跟上乔希紊乱的生理机能，输入越来越多的液体、血浆、血小板，替换他血液中的凝血因子，此前这些凝血因子被消耗掉，形成凝血块，堵塞了他的手指、脚趾和身体其他部位的毛细血管；同时使用更高剂量的药物，促进他的血液循环和心脏机能；也更多地使用呼吸机，让其提供更多支持。

随着时间的推移，病情恶化速度放缓，他变得稍微稳定一些了。第二天早上，他的状况从谷底好转，但手指漆黑，左腿胫骨中部以下发黑。这种现象叫作暴发性紫癜（Purpura Fulminans），是毛细血管被凝血碎片堵塞的结果，而凝血碎片是感染两种同等致命细菌——脑膜炎奈瑟菌和A型链球菌——的典型后果。

入院3天后，乔希从重症监护室转入儿科病房。后来，他的左腿做了膝盖下截肢，双手的部分手指失去了指尖。两星期后，他回到了家中。

脑膜炎球菌病仍时有出现，但现在更普遍的原因是C型变异细菌感染，在青少年中发病风险最高。因为它也经飞沫传播，会由打喷嚏、咳嗽、分享瓶装饮料等行为引起，所以过度拥挤、紧密生活也是致病因素。通常，我们会在新西兰国内的贫困地区看到疫情暴发，大学宿舍这类地方也会出现疫情。20世纪90年代和21世纪初，B型菌株引发的疫情猛烈攻击了北部地区，2011年，C型脑膜炎球菌病暴发，促使该地区的健康委员会发起了一场广泛的疫苗接种活动，成功终止了疫情蔓延。

尽管一些打破平衡，引发脑膜炎球菌病流行的因素已经有所改变，但贫困、过度拥挤、住房条件差仍然是导致儿童发病率居高不下的原因，而这是可预防的。这一现实削弱了儿童及其家庭的力量，同时，我们的社区，以及最终为健康和社会服务提供资金的你我，也会付出高昂的代价。

冬天，大量患儿涌入我们医院。那些胸部感染的病人，大多住在寒冷、潮湿、拥挤的房屋里。我们的重症监护室配有专门的儿童病房，它在冬天的大部分时间里都是满员的。里面住着患病的小婴儿，他们因各种名字古怪的病毒——比如呼吸道合胞病毒（Respiratory Syncytial Virus）、流感病毒、副流感病毒、肠道病毒、鼻病毒——引发呼吸道感染。这些感染也会通过咳嗽和打喷嚏等行为，以飞沫方式传播。

这些病毒引发的普遍疾病之一，有个奇怪的名字：毛细支气管炎（Bronchiolitis），这个英文单词的末尾"itis"是"炎症"的意思。毛细支气管是肺中非常小的气管，而炎症影响了小气管的功能。气管发炎后，空气虽容易吸入，但不能全部呼出，这将导致小孩胸部过度膨胀，呼吸越来越困难。一般而言，婴儿和幼儿多用鼻子呼吸，而这种疾病还会让他们流鼻涕，加剧呼吸困难。相对于小婴儿和早产儿，强壮而健康的孩子通常能忍耐更长时间，并且会表现得更好。

几年前一个冬天的早晨，我们在ICU查房，我一眼认出了玛格丽特（Margretta）。她很尴尬，躲在后面，抱着她7个月大的儿子，这个孩子因为毛细支气管炎已经是第6次入院了。她担心我们会把她想成坏妈妈，那瑞克（Rikki）就要从她身边被带走了。尽管我们努力劝说，他们一大家子还是挤着住在一处冰冷的屋子里。

瑞克，这个小小的婴儿呼吸困难而急促，头随着一呼一吸而摆动。监视器显示他每分钟呼吸80次，血氧饱和度为96%，还不错。他被一条彩色的毯子贴身裹好后，我给他扎了静脉针，又抽了血送去化验室，然后用棉签在他的鼻腔深处取样，送去做病毒学检验。一位护士稳住他的头，另一位用小的抽吸导管清理了瑞克堵塞的鼻孔。然后他们给他插了一根鼻胃管，以保持他的胃里不留空气，这样就不会因压迫横膈膜而让他的呼吸变得更加困难。最后，又给他拍了一张胸片。瑞克不喜欢这所有的一切，他的呼吸也是。

接下来，我们经由鼻胃管给他服用了一种叫水合氯醛（Chloral Hydrate）的老式药物让他睡觉，然后用上气泡式持续气道正压通气呼吸机（Continuous Positive Airway Pressure Machine）。

使用这种呼吸机是一种简单的、非侵入性的治疗方式，它可以为呼吸困难的婴儿提供支持。它有一对柔软的鼻套管，能为孩子输送湿化的氧气。其系统回路可以使气道压在吸气相和呼气相都保持一定水平的正压，以提供呼吸支持。

看到这种呼吸治疗缓解了这些婴儿如此困难的呼吸，真让人惊叹。上了呼吸机，再加上小剂量的水合氯醛，现在，他睡得更好、更加安稳，呼吸频率稳定下来，显得不那么费劲了，看上去更加安宁。不只是他，我们也一样放松了下来。

每年冬天，很多婴儿都会住院好几次，在他们的整个婴儿期，我们能在医院看到他们很多次。那些出生时体重特别轻或是早产的孩子，病情恶化的风险似乎最大，这毫不奇怪。

我们在医院内所做的一切，比如给氧、用抗生素、给孩子上呼吸机，虽然能得到最终的治疗效果，但根除不了造成这种反复发作的各种因素。我们也没有像前英国首席医疗官那样提出建议。其颇有声望，用心良苦，于1999年向英国国民提出如下建议[1]：

1. 不要吸烟。如果能，戒除；如果不能，减量。
2. 平衡饮食，摄入足量水果和蔬菜。
3. 坚持锻炼。
4. 调节压力，比如畅谈、抽时间放松。
5. 若饮酒，需适度。
6. 遮阳，防止儿童晒伤。
7. 安全性行为。
8. 接受癌症筛查。
9. 遵守交通法规，保证行路安全。
10. 学习急救三要点：气道、呼吸、循环。

像这样的建议很容易给出，所以，我确信其用意良好。另一些人则对导致患病的因素没那么体谅了，他们责怪病人住满了医院的病房，不断回到急诊科看病，过多占用社会服务。我们都听过这样的说辞："他们很懒惰。""他们为什么不找份工作？""他们什么都不在乎。""他们不爱自己的孩子。""他们不够努力。"

在首席医疗官向英国国民提出建议后不久，我在惠灵顿听了哈佛公共卫生学院教授河内一郎的演讲。他在保持健康这方面给出了不同的建议，他坚信，我们社会服务部门前排起的长队是糟糕选择的结果，为此他呼吁：

1. 不要处于贫困状态。如果能，脱贫；如果不能，尝试不要长期贫困。
2. 不要有贫穷的双亲。
3. 不要住在贫穷的社区中。
4. 拥有汽车。
5. 不要失去工作，不要失业。

河内一郎指出，如果我们要建立一个更平等的社会，就需要解决很多结构性社会问题。他还明确表示，要尽可能去尝试，就像很多人发现自己掉入洞里时，需要有人伸出手来拉他们出来，而不是被强迫离开一个洞，却又掉进另一个洞中。

出任卫生部部长和总干事的首席医学顾问时，我每隔一周都得在奥克兰和惠灵顿之间来回奔波。那时，我得到了一顶帽子，帽饰带上写着"WoG"。嗯，是的，我明白。"WoG"的意思是"整个政府"（Whole of Government）。这顶帽子提醒着卫生部执行团队的成员，应该和其他机构通力合作，以解决我们所面对的复杂现实生活问题。遗憾的是，只有象征性的行动还远远不够，"帽子和希望"并没带来什么帮助。

阻碍这种变革思维和活动的因素有很多，而且非常显著。在政府部门内部，预算和议程内容一直被谨慎地守护着，我们的世界仍然被同样的陈旧思想所统治，任由面前的问题继续存在。结果，出于善意的公共服务还是采取着一阵风式的干预措施，而我们担忧的大多数根本原因根本未得到解决。

至于那顶帽子，很快就成了我的防晒必备，当然，只在我自己的院子中私下里戴。

维持医院运作的管理体系复杂且开销巨大。但是，针对这种高成本和高复杂性，可以通过提供改变服务需求的重要信息，来实现合理化。像很多其他的现代医院一样，米德摩尔医院利用历史数据来准确预测所有科室的服务需求变化。作为其中的一大组成部分，医院每天生成的工作进度报告多半会是这个样子：

> **今日医院满员——容纳能力107%**
>
> - 当前急诊科有100位患者，其中50位等待住院床位。
> - 内科病区治疗室内有8位患者缺少床位。
> - 胃肠科门诊有8位患者等待。
> - 儿童优先短时等待室内有7位成年女性患者。
> - 预计还有17位患者要接受日间手术，5位需要床位。
> - 出院手续办理室（病区34E号房间）已满，共4位住院病人，可能延误今天外科病人的出院办理。
> - 有5 105分钟的急诊手术待进行，当前34位患者等待。
> - 昨日有急诊患者298位，预计今日数量相当。
> - 护士请病假导致人手不够。

我们医院的成人病房常常爆满，目前，越来越多的年轻人遭受着2型糖尿病并发症的折磨，生命安全受到威胁，这种病与肥胖有关，很大程度上可以预防。

尽管我们的国家已取得了很多成就，可是为什么没有在预防可预防疾病方面做得更好呢？我们不应该感到难堪吗？卫生系统不是为此花了数百万美元吗？这样一来，很多人不是没能把钱有效地投入到他们的家庭、社区、国家上来吗？

所有这些问题的答案都是："当然！"

预防疾病需要整个社会的投入，应该从家庭、孕妇、儿童的福祉开始。我在萨摩亚工作期间，经常和儿科医生一起查房。那里所有的女性都很努力，经验丰富，在资源匮乏的情况下也有能力做很棒的事情。

一天早晨，在查房时，急诊科来了个两岁大的小孩，她的呼吸明显有问题，身体不适已有两周，在此期间接受了传统治疗师的治疗。我们未见其人，先闻其声——她每次呼吸都会发出有节奏的高音调刺耳噪声，同时可以清晰地看到她的喉咙，以及为了让空气进到肺里，她的腹部用力回吸的样子。这种噪声叫喘鸣（Stridor），有些情况下，口腔到气管上部的气道狭窄，空气经过时会发出这种声音。20年前，造成喘鸣的最常见病因是会厌炎（Epiglottitis），即由流感嗜血杆菌（Haemophilus Influenzae）引起的会厌感染，后来一种有效的疫苗被少量引进，大大降低了会厌炎的发病率。

会厌本身是一种奇怪的"U"形结构，长在口腔深处，能有效地保护打开的喉头，避免我们在吞咽时把食物吸入气管。

这个孩子名叫瓦露阿（Vaelua），体重只有8公斤，体温高达40℃，面色苍白。我和她说话，手动刺激她，可是她完全没反应，已经因血液中积聚的二氧化碳而失去了知觉。早前，她颈部的侧面 X 光片没有表现出会厌炎，只是很清晰地显示出一个凸起的巨大软体组织，使得气管周围的气道变窄。很显然，如果我们不尽快采取措施，瓦露阿将会逐渐停止呼吸以至死亡。必须在她的气道中绕开障碍物，插入呼吸管，但在这样的紧急状况下，这样做风险巨大，几无可能。

这种情况下的治疗原则是，尽可能少地干扰孩子，以防我们完全失去气道这一"阵地"。我们首先考虑的是，把她送进有熟练的麻醉师和外科医生的手术室。到那里后，经验告诉我们，最安全的做法是让孩子自主呼吸，同时一直吸入麻醉蒸汽，直到进入深眠状态。这能使麻醉师弄清楚是否能看到喉部，然后越过障碍，插入呼吸管。

我打电话给手术室，告诉他们我们已经过来了。一路上，我们把走廊里的人推开，把电梯里的其他人赶出去，还礼貌地忽略了手术室护理员给我提出的更换隔离衣的要求。如果一切按照规定步骤来，瓦露阿会有生命危险。

有一次在手术室，我们遵守规则，但孩子到达不久就停止了呼吸。瓦露阿的血液含氧量直线下降，心率显著变慢。麻醉师查看她的口腔，看有无可能从口腔上部后方放入呼吸管，但他只能看到肿胀皱褶的软体组织。我的同事蒂娜（Dina）开始做心肺复苏时，我看向外科医生阿莱克（Aleki），然后我们实施了他的首次紧急气管造口术——在颈部做垂直切口，分离带状肌，暴露气管，最后切开一道狭缝，让呼吸管通过。

从她停止呼吸到插管后得救，我估计整个过程没有超过 3 分钟。我们把管子接上呼吸袋，将100%的氧气吹入她的肺中。这样做时，瓦露阿的心率上升，血氧饱和度也恢复到100%，非常健康的水平。固定好管子后，我们给了她一些抗生素，然后经其大张的嘴巴，用注射器刺入脓肿，抽出了70毫升恶臭难闻的褐色脓液。

那之后，瓦露阿回到重症监护室，继续用了几天呼吸机，以使头颈部的肿胀褪去。然后，在第3天早上，我们把呼吸管从她颈上的气管切口中拿出来，用纱布和胶带包住洞口，她又能用自己的嘴和鼻子正常呼吸了。又过了3天，瓦露阿出院回家了。

孩子肯定不是缩小版的成年人。虽然有相同的"零件"，比如脾脏、肾脏、骨骼、大脑，但这些器官在人生的不同阶段运行方式有所不同。器官会随着孩子成长而改变形状，生病时，它们也会对我们的医疗措施做出不同反应。孩子的气管就是个很好的例子，它小而窄，结构较松软，组织之间的关系也与成年人的不同。对于我们这些习惯于面对成年人的医生来说，这一切都会带来麻烦。但我们应对瓦露阿的病症时做得不错。是的，挺幸运，不过我们也是有准备的。

我们知道，许多疾病会出现在贫困家庭中的孩子身上，造成这一结果的原因并不那么复杂。2012年12月，儿童事务专员办公室发布了报告《新西兰儿童贫困问题解决方案》(*Solutions to Child Poverty in New Zealand*)[2]，其背后的改革思想为河内一郎的建议加了一股东风。

报告完全不认为改善健康状况要依赖于新技术、医生，以及新药研发的大规模投资，而是建议在四个关键领域适度投资，即付给人们能够维持生活的工资，提供更好的住房，降低营养食品价格使其可普遍供给，让孩子始终能上学受教育。多难得啊，政府有这样的专家组，致力于研究如此重要的问题。又是多么讽刺啊，政府并没有谦虚地接受这些建议，更没有足够的智慧来推行它们。

2008年，在奥克兰一个特别贫困的地区，有一个社区，里面住着很多单亲家庭和多成员家庭，而一些非常美好的事情发生了。缘起于一群小学教师，他们一直努力带领学生跟上同龄人的简单读写和算术进度。入校学生本该有5岁儿童的阅读水平，可是大多数学生只有3岁儿童的水平，因此，这些孩子要想在学校学得好，实际上需要以1.5倍的速度跟上同龄人的步伐。于是，老师们成立了一个叫"马奈阿卡拉尼"（Manaiakalani）的组织，以提高该贫困社区的学习水平。

2011年，我遇到了一群这样的孩子，他们来米德摩尔医院，在"科阿瓦迪"（Ko Awatea，一个专注于卫生系统创新和改进的中心）开幕仪式上表演。他们已学习了3年，看上去兴高采烈，同时表演了独白、歌唱、舞蹈、故事讲演，观众忍俊不禁、开怀大笑，完全被折服了。这些曾是文盲的孩子，现在掌握着自己的命运，彼此相连，并在某种程度上与更广泛的世界息息相通，这真让人惊叹。孩子们对学习充满热情，从此以后，他们和其他已经赶上他们的孩子，将在生活的各个方面取得成就。

马奈阿卡拉尼为未来描绘了一幅壮丽的蓝图。孩子们的学习热情高涨，在国家测验中也取得了显著成绩。父母前所未有地愿意为孩子做出牺牲和投资；老师和学校也准备打破他们一贯的做法，使学生能更有效地学习；另外，社区、慈善和商业机构、政府合作伙伴都有意愿进行投资。为什么呢？因为马奈阿卡拉尼与众不同，有所作为。这个项目全新而令人振奋，将扭转并加速提高学生的学习成绩。

——帕特·斯尼登（Pat Snedden），马奈阿卡拉尼主席

马奈阿卡拉尼教育信托基金会的工作是个很好的例子，说明所有孩子都是有可能成功的。它已表明，只要给予恰当的指导和辅助，每一个孩子都能做得很好，而家长们，不论他们的生活环境如何，都希望他们的孩子活得最好，并愿意为此做出牺牲，以保证他们能够成功。通过学习，给这些孩子机会，让他们逐步提高健康状况，这也能反过来影响家长，让他们看到教育的重要性，并确保孩子们健康成长。这就是我们打破失败、逃学、患病的恶性循环的方法。

第三章

肾　脏

聪明之极，如何下嘴

肾脏
(the Kidney)

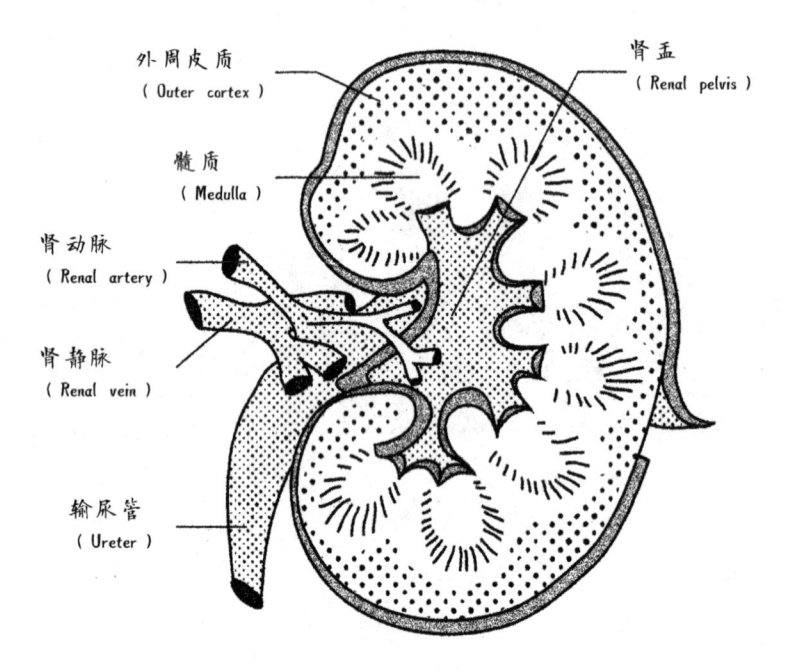

- 外周皮质 (Outer cortex)
- 肾盂 (Renal pelvis)
- 髓质 (Medulla)
- 肾动脉 (Renal artery)
- 肾静脉 (Renal vein)
- 输尿管 (Ureter)

我的ICU同事们都非常好，极具耐心，宽容体谅。作为一个群组，我们异乎寻常地团结，我可以问心无愧地说，我们真心诚意相互喜爱，乐于关心彼此的生活。造成这种结果的原因也可能是我们长时间在一起工作，相互依靠，为患者提供全天候的医疗服务。生活中，我们需要经常协商："我周六的班能和你周四的班换一换吗？""我的一个孩子病了，今天能麻烦你帮我顶一顶班吗？"医院已成为我们的"第二个家"，就我们的工作性质而言，我们都有"第二个家庭"需要考虑。我观察过周围其他像我们这样需要一辈子在一起的群体，相比之下，我们做得很不错了。

不过跟所有的家庭一样，我们也有把对方逼疯的时候。这很让人忧虑，因为我们都很敏感，通常能融洽相处，体谅彼此的感受。我自己尤其担心这一点，因为我的工作内容涉及范围非常大，要完全负责一到两个一线科室，管理不善时，混乱就会随之而来。

幸好，某种程度上，我们会在每6个月的住院医生轮岗中彼此照顾。年轻医生们希望成为麻醉医学、急诊医学、全科医学等方面的专家，所以需要每6个月轮换到不同的科室中做必要的训练。当然，我们力图将其中尽可能多的人变为"重症监护医学院"（College of Intensive Care Medicine）[1]的实习生。

这些年轻人工作努力、认真尽责、非常聪明，大多数悟性极佳，适应能力超强，所以，他们能适应在不同医院、科室工作时纷繁复杂的状况，而且每个人都有自己独特的认知和个性。

我喜欢听住院医生们聊天，从中感受他们是如何看待这个世界的，我们眼中的世界和他们眼中的有什么不同。多数时间里，真的都只是八卦，偶尔穿插一些关于人生意义的深度哲学讨论。有时候他们让我觉得自己很老，而有时候听上去他们又很老，这让我为他们感到难过。

这些年轻人常带来新想法、新观念，作为一个团队，我们欢迎这一点。如果没有他们的诙谐戏谑，而我们又要教育和监督他们，我敢肯定，早在几年前，我的一些同事就会弃我而去了。

多年来，我很欢迎这些有着各种各样疑问的年轻医生。我真的对他们每个个体很感兴趣，也很渴望知道他们在做什么，为什么做，希望将来有什么样的成就。我也想问他们，是否吃"腰子"。

你可能会认为这是个古怪的问题。如果你吃的话，我也想邀请你来 ICU，和我们一起待上一段时间，或许这能稍微让你容易理解一些。

我有把人体器官人格化的习惯。这就是为什么虽然我认为心脏的功能可靠而有组织性，但在决定人的生死的能力方面相当蠢笨。相比之下，肾脏的聪明让人难以想象，一些人却选择吃掉它。

---

[1] 负责澳大利亚和新西兰重症监护医学专家培训和教育的机构。——编者注

我完全不能也不愿吃它，因为我太尊重这个器官了，那些吃它的年轻医生也该如此！当然，我也会这么说大脑和肝脏，但这有些复杂。肝脏是如此卓越，我知道我该对其存有同样的敬意，但作为犹太人，吃鸡肝是重要习俗，就像法国人吃鹅肝酱一样。我向年轻医生解释这些时试图忍住不笑，他们有些人翻起了白眼，有些则目瞪口呆。

我在萨摩亚也问了同样的问题。"是的，我们当然吃！"这就是答案。在萨摩亚家庭做客时，共进周日午餐是一种荣誉和被尊重的标识。在这个自豪的独立岛国中，星期天像以前一样，是虔诚地向上帝和家庭表达热爱的隆重日子。

这天，大家很早开始准备"乌姆"（Umu，波利尼西亚人的一种传统食物烹制方式），这是萨摩亚人对其的称呼，相当于毛利人的"杭吉"（Hangi）。传统美食被放置在泥土做的灶中烹制，等待的时间里，全家人会去教堂做礼拜。主菜当然是全猪，很多人称之为"巴比"（Babe）。猪的不同部位根据地位不同分给赴宴者。内脏，包括肝、心、肾，要送给村长或族长（Matai），猪背部肋骨与骨盆间的部分"图阿拉"（Tuala）也送给他们。萨摩亚人相信这些部位蕴含着力量，而这种力量应该提供给足够幸运的人。

有时我也会得到猪的图阿拉，对我这样的犹太人来说，这可能是个麻烦事。谢天谢地，我是由吃猪肉的犹太父母抚养长大的，不过他们只吃行过割礼的犹太洁净猪肉，宰杀时要面朝耶路撒冷的方向。所以，出于尊重，我得体地接受了这一荣誉，面带笑容。

在创世论者和科学家关于世界起源的大辩论中，前者认为世界和人类由上帝在7天内创造而得，而后者相信人类经数十亿年进化而来。当然，我非常明确地站在科学家这一边。但是，在我的内心，我愿意这样想，我们不只是另一种形式的动物，不只是不停地进化，然后再次变成另外一种生命。

我想到了肾脏，明白自己虽然已经了解、适应它的功能，但仍然惊异于它的复杂度。这么可靠而复杂的东西，根本不可能在7天内创造出来，但我也很难接受，在如此漫长的进化过程中，其背后没有某只神圣的手在起作用。

很多年里，我一直花时间照看在海外受伤的英国游客。一旦开始从事这项工作，从英国西萨塞克斯郡（West Sussex）的小办公室到世界各地的角落，我都愿意去做病房巡查。

作为一名指导者，我使用一块巨大的白板来持续记录所有信息，后来换了新颖的革命性工具——一台阿姆斯特拉德（Amstrad）牌电脑，黑色背景上有着绿色的怪异字体。

我的病人大多定居英国，但在世界的各个角落遭受各种疾病和创伤的折磨。我的工作是和他们的医疗团队保持联系，确定合适的治疗强度，帮助决定他们何时能安全回家。有些旅行者可以自己行动，有些人则需要医疗陪护——护士或医生。少数人还需要紧急医护，所以可能会派一个团队去监护，然后乘坐商用航班或救护飞机带他们回家。我参加了大多数这种旅行，见证了在世界不同地区，相同情况下的处理方式是多么不同。这个角色有趣而富有挑战性，我变得足智多谋起来，即使资源不足也常常能做很多事情。

无论我们是白人还是黑人，说法语还是英语，在北半球还是世界的另一端长大，当我们把目光投到皮肤下面，进入血液循环系统，走遍全身，进入各个器官，深入每个细胞的原生质，就会看到，大家本质上是一样的。

我是在马来西亚一家小医院的手术室里顿悟这一点的。我的病人是住在伦敦的加勒比地区人，在马来西亚的吉隆坡（Kuala Lumpur）往马六甲州（Malacca）的高速公路上遭遇车祸，伤势严重。那时我还年轻，可能有点儿欠考虑，我看到他肠道里粉色的肠系膜时突然发觉，那是和你我一模一样的粉色！现在我对那一刻的顿悟感到很难为情。

我们的肾脏看起来都一个样。每人有两个，每个重约150克，12~14厘米高。它们位于腹腔后部，我们称之腹膜后腔（Retroperitoneum），正好在两侧肋骨水平高度的下方。肾脏结构含外周皮质、髓质、肾盂，这里是尿液旅程的起点，随后尿液下行，经输尿管进入膀胱，然后进入厕所，或者去院子里的某棵树下。

这段旅程描述未能揭示其过程的复杂性，比如大量的过滤，体液和分子的选择性重吸收，分泌排泄废物。无数的反馈回路决定了一系列的自我调节过程，不论我们的身体情况如何，正常的肾脏都会辛勤工作，努力恢复我们的体内平衡。

杂乱的生命活动会产生许多垃圾，而肾脏这种马蹄铁形的器官靠不断清除血液中的垃圾来保持我们的健康。它们通过持续调节我们的体液和电解质平衡来做到这一点。为了完成任务，它们会让大量的血液流经肾动脉。

成年人任何时候都有约5升血液在循环。其中，2升是红细胞，3升是血浆。每天，肾脏都在以每分钟120毫升的惊人速度过滤

180升血浆！完成这项工作的肾脏功能单元是肾单位，每个肾约有100万个肾单位。如果首尾相连，我们的肾单位总长将达160千米。

肾单位是只复杂的小野兽，由不同部分组成，有一系列的存储处和管道供血液流过。肾单位与血液打交道的界面是肾小囊，也被称作鲍氏囊（Bowman's Capsule），位于肾脏的外层皮质，里面坐着肾小球。肾小球是一团毛细血管，独特地缠绕着，血液中的水和小分子溶质在压力差作用下滤出，形成我们所称的肾小球滤过液。滤过液进入肾小囊，然后流入近曲肾小管，在那里，约70%的血浆滤液和钠，以及全部的葡萄糖和氨基酸，会一起被重新吸收。然后，滤过液去到兼具上升、下降路径的髓袢（位于肾髓质），水分被再次吸收，同时微调电解质至平衡状态。这时形成的废液流入位于髓质深处的最后远端小管，更多的水分被再吸收或分泌出来，这是最后一道检查。瞧，肾盂中出现尿液了，很快，尿液到了输尿管，下行进入膀胱，装得差不多后就能去厕所了，这太神奇了，不是吗？不管我们在酒吧喝了多少酒，进食时摄入多少盐和矿物质，我们的肾脏都会帮我们一一分类整理。

肾脏调节体内环境的能力超乎寻常，尤其我们脱水时，它会保存水分以应对严寒或酷暑。不过，这种处理进程的"高效奖"应当颁给更格卢鼠（Kangaroo Rat）和骆驼——它们都有极长的髓袢，能将尿液积聚其间，直至几乎充满。

肾衰竭是一种灾难，根据病因不同可分为临时性的或永久性的。肾衰竭急性发作通常由一系列因素引发，包括疾病的进程影响、肾功能好坏等。但与糖尿病长期患者或其他患特殊肾病的病人非常不同的是，如果这种急性发作病人能活下来，通常在2～4周内，他们的肾脏功能就会恢复正常。我说的是如果能够幸存，因为不论潜在问题的本质是什么，只要导致了肾衰竭，死亡的可能性就会增加。这其中的原因可能不那么明显——急性肾衰竭可通过透析得到有效的治疗，因此，与之相关的死亡风险上升应该和导致肾衰竭的疾病进程的严重程度有关，也与人体其他系统所遭受的更大损伤密切关联。

若肾脏确实严重衰竭，不临时透析的话，患者常会死于与肾功能丧失相关的代谢效应，尽管这种效应的初衷是为了救命。对于这种病情不稳定的患者群体，透析会很复杂。

多年前，我在伦敦最古老的教学医院工作过几年，那里现在叫伦敦皇家医院，但20世纪80年代中期，它跟皇室没有任何关系，只是叫伦敦医院。医院位于伦敦东区的白教堂路，是维多利亚式的黑砖建筑，因拥有"象人"约瑟夫·梅里克（Joseph Merrick）的人体骨架而闻名，那副骨架被放置于它的解剖博物馆中。这里历史悠久，建设过程中使用了各种建筑方法，包括铅锤测量。

马路对面是"格雷夫·莫里斯"（Grave Maurice）酒吧，从那再往东100米是"盲人乞丐"（Blind Beggar）酒吧，电影《黑道传奇》（*Legend*）里，克雷兄弟（Kray Brothers）就是在那里射杀了"帽子"杰克·麦维塔（Jack 'The Hat' McVitie）。更东边的是伦敦医院的附属医院——麦尔安德医院，直线距离并不很远，但在危机时期，因为医院电话交换接听慢，它可能就像远在世界的另一端。

在阿尔德盖特（Aldgate）地区，医院的正西面，是一家名叫"布鲁姆一家"（Blooms）的犹太熟食店，我们常去那里买腌牛肉三明治和土豆饼。布鲁姆夫人梳着"铁娘子"撒切尔夫人式的发型，守着收银机，脸紧绷着，像经过太多道工序后做出的军鼓鼓面。店的正北面是布里克巷，因咖喱屋、百吉饼、啤酒而闻名。再向北一点就是我们住的地方，伦敦菲尔兹（London Fields）地区。

医院里指导服务传承的原则是"看一个，做一个，教一个"。那是服务战胜监管的年代，初级医生更多是从错误中吸取教训，因为做错事情的次数要比做对频繁得多。有一天，我跟着一位专家，看怎么为冠状动脉搭桥术（*cornnary bypass graft*）病人做麻醉，第二天我就自己做了一样的麻醉。只过了一天，我就成了专家，这真是疯狂。惊人的工作量，严酷的排班表——我每隔一周的当班时间长达134小时。

不过医院里的人都很不错，包括大多数有双份工作的顾问——他们常花很多时间在哈雷街医疗中心或格蕾丝公主医院，那是家私人医院，位于高档的马里波恩（Marylebone）地区。他们经常会叫我们去帮忙，有另一组人手帮忙就意味着一天能做5~6台心脏病手术，而不是只有3台。每台手术结束，在主刀医生开始下一台时，我都要把还处在麻醉中的病人送入ICU。为了表示感谢，每次我帮忙，他们会给我50英镑。

我永远不会忘记自己主刀的第一台心脏病手术。那是在伦敦，病人是来自纽汉区（Newham）的公交车售票员，只有160厘米高，秃顶，身材瘦削但结实。他要做一个四重搭桥手术，还有二尖瓣换瓣手术，因为心脏反流严重。

手术室像一个舞台，而负责不同工作的人员就像演员，每天上演新的剧目。当时，手术室中的这场表演开始自麻醉师将一根动脉插管插入一条动脉（通常是手腕处的桡动脉，你能在那儿感觉到脉搏跳动）。这主要用于检查病人的血压，做频繁的血液测试来监测病人的状态。麻醉师接好心电图导联及血氧仪的手指夹，测量血氧饱和度。然后我们让病人进入沉睡，同时密切关注各项操作和药物剂量。

动脉插管优雅地滑了进去，他睡着了，血压和心率均无变化，我把他的头向下倾斜，将三根长长的静脉留置针插入颈内静脉，也是一次完成，非常顺利。不同的演员各饰其角，台词颇见功力，演技个个精湛。

表演继续进行，毫不费力地，他接入了人工心肺机。这台机器扮演着心脏和肺的角色，由不同的部件组成，包括一根插入心脏右心房的大插管。离心泵将静脉血液吸出，通过该插管进入机器。然后一组滚柱泵驱使血液沿硅胶做成的回路环行至氧合器，给血液添加氧气，同时清除二氧化碳。最后通过另一根由外科医生插入主动脉的插管，将富含氧气的鲜红色血液输送回去。操作人工心肺机的体外循环灌注师、外科医生、麻醉师一起说话时，让我觉得好像在听空中交通管制员的指挥——他们说了很多话，但似乎没有任何明显的意义！

一旦接好人工心肺机，手术团队就会将冰冷的、富含钾的心脏停搏液注入冠状动脉，以使心脏停跳。这能让他们更容易在心脏的零星小部件上进行操作，比如在堵塞的旧血管附近移植新血管，植入新瓣膜替换已经不能用的旧瓣膜。

一位外科医生从病人的腿上切取大隐静脉，同时另一位外科医生让心脏做好准备。他的冠状动脉堵塞处附近移植了四根血管，还植入了一个新的机械心脏瓣膜，整个余生，他的胸腔中会一直发出咔嗒咔嗒声。一切都很顺利，直到我们升高他的体温，试图让他的心脏跳起来，并移除人工心肺机。每次尝试都是失败，他的心脏太衰弱了，无法完全接管身体，这可没写在剧本里。

外科医生盯着我，好像这是我的错。我跟他说话，可是他没有回答。我叫了支援，同时给病人注入药物，以帮助心脏起搏。第四次尝试时，我们终于拿掉了人工心肺机，但是一切都不太好。

他的心脏步履蹒跚，我们马上将他送入ICU。那是个周五下午，整个周末我都在工作。ICU住满了病人——药物过量的人、几名严重车祸的受害者，以及前两天做过心脏手术的其他三例患者。我的上司早就离开了，第二天早上才会回来，不过打电话能找到他。

公交车售票员挣扎在死亡线上，我和他的妻子说了现状，她哭了。接下来的几个小时里，他的心律安定下来，血压也升上来了，但是仍然没有排尿，这很不好。手术后5小时，接在他导尿管上的集尿袋里还只有100毫升的尿液。最初的血液检测显示其肾脏功能严重衰竭，他需要用呼吸机得到比我预料的更多的氧气。最有可能导致这种结果的原因是手术最后阶段，他的心脏输出量特别低，这损伤了他的肾脏，也造成了肺中积水。

那时我还年轻，很着急。我担心，如果出现肾衰竭，就需要透析，尽管我们可以那样做，但是他的死亡风险会成倍增加。我想给他多输点液体，可又怕心脏承受不住，肺功能也可能出现恶化。我给上司打电话寻求建议，然后开始不断尝试。多来点液体，呼吸机加点压力，用一些确保他血压稳定的药，来一剂呋塞米（Frusemide，一种利尿剂），还有一些其他可能有用的措施。

我现在已经记不清确切的细节了，不过我知道那天晚上大部分时间，我都坐在公交车售票员病床旁边的凳子上，看着尿液一滴一滴地落进他的尿袋里，数着滴数，直到慢慢变成涓涓细流，我才露出了笑容。第二天清晨，他的尿液倾泻而下。最终，他挺了过来。

大约一年后，我乘坐从哈克尼（Hackney）到西区（West End）的22路公交车时，看到他在售票。他认出我来，朝着我的方向脱帽致意，我微笑着回敬了他。

很多病人得了急性病或突然受伤，情况迅猛地发展到器官衰竭时，他们会出现肾功能衰竭，如果不透析，会死。同样，因呼吸极度困难而导致缺氧的病人，如果没有呼吸机支持，也会死。还有一些病人，如果不用静脉输液和药物来支撑心脏功能，使他们苏醒过来，就可能会死于休克。如果我们不能解决所有这些病症的根本原因，人们就会死。

罗杰（Roger）51岁，身体健康。他和罗莎莉（Rosalie）结了婚，有两个孩子，一个14岁，一个16岁。罗杰没有已知的健康问题，不抽烟，只有一次因左膝重建手术而住院，那也是很久以前打橄榄球时受的伤。他是个健康的家伙，但只是一次小小的皮肤感染，居然会病得那么重，差点死了。为什么会这样？我找不到真正的原因，对我来说，这一直是个谜。

罗杰是在从澳大利亚到奥克兰的航班上开始皮肤红肿、疼痛的。他的腿发痒,所以就挠了挠,等抵达奥克兰时,他已经高烧、大汗、神志不清。医护人员在出口接到他,意识到他病得很重,马上给他氧气帮助呼吸,做了静脉滴注,并迅速将他送往米德摩尔医院。那是我在急诊科的抢救室里第一次见到罗杰。

他当时几乎没有意识,体温高达 40℃,呼吸困难,血氧、血压、血糖水平都低到了危险程度。引发所有这一切的那条腿上,红肿从小腿一直蔓延到大腿中部。他得了蜂窝组织炎(Cellulitis),一种皮肤感染,导致了休克,我们定义其为感染性休克(Septic Shock)。这种细菌引起的严重感染已经扩散到他的血液中,现在正严重破坏其他器官。

红肿以自己的方式沿着罗杰的腿向上扩展,就像某种更大、更致命的带尖顶的东西。他正在和一种叫金黄色葡萄球菌(Staphylococcus Aureus)的细菌及其产生的外毒素(Exotoxin)做殊死搏斗,这些有毒物质在我们的血液中循环、传播、摧毁细胞、扰乱正常的细胞机制。一个器官倒下后,另一个会紧接着衰竭,罗杰的病势十分凶险。

病情加重时,呼吸和心血管系统的衰竭往往会直接威胁到生命,所以我们会从这些方面开始着手。氧气在昂贵的呼吸机的驱动下,通过戴着的面罩,很快经插入的管子进入气管;静脉输液和大剂量的药物支撑住他衰弱的循环系统;葡萄糖防止长时间低血糖造成的灾难性大脑损伤;抗生素杀死细菌;小剂量氢化可的松(Hydrocortisone)对这一切都有帮助;在手术室做快速检查,确保没有更深的感染或需要被清除的坏死部分。所有这些措施都需要紧急介入，如果不够快，病人就会死亡。

这些事情对于一起工作的医护人员和我来说都是自然而然的，但是那些缺乏经验的医生，或是可能一年甚至一生只碰到一次这种危重病人的人，往往措手不及。延误治疗、延迟苏醒不只会增加死亡风险，还会导致器官支持需求的增加，即需要使用更强势的医疗手段，且治疗持续时间更长。这反过来意味着病人出院后，需要更多时间从治疗带来的深远身心影响中恢复过来。

不到1小时，罗杰已接近治疗能做到的最大限度，被送去手术室做微创手术。为了确定他腿上感染的范围和深度，外科医生要做一系列的切口，界定最接近的感染范围，看它在腿上蔓延了多远。切口也用以确定感染深度，看是仅限于表皮还是涉及腿部更深的区域，比如皮下脂肪、覆盖肌肉的筋膜，甚至肌肉本身。坏死的组织根本无法只靠抗生素就治愈，必须被切掉。如果不这样做，它就会成为持续感染源，使病人无法好转。

有两句真言用于指导这类病人的成功治疗，一句是"像切割钢材那样治疗"，另一句是"永远不要让太阳掉进未排出的脓液里"，意思是，单用抗生素是不够的，为了达到恢复目的，用外科手术来引流脓液、切除坏死组织是必要的。

这个社会的一些人和医生不习惯处理危重病例，他们常常担心：病人已经病得这么严重了，还怎么进手术室？对此，我总是回答：正因为他们已经这么严重了，才必须动手术。

罗杰的腿碰巧既没有坏死组织也没有脓肿，所以我们集中火力于已经开展的有效治疗上，专注于他的器官逐步衰竭的问题，同时使用大量的抗生素。尽管如此，罗杰的病情仍在持续恶化。

我和他的家人见了面，他们问了我一系列很好的问题，包括：我们还能做什么？他能活下来吗？他要靠什么才能活下来？如果我们清楚自己在做的事情，为什么病情仍然继续恶化？

我尽自己最大的努力做了解释，又说了一遍多米诺骨牌那个类比。若我们的治疗措施有效，那他不会受到实质性的损害。如果我们的机器能给罗杰以支持，而且他的身心能量有所储备，有内在的力量来对抗疾病，他可能会好转。多米诺骨牌会慢慢停止倒塌。然后，我们扶起牌的速度会开始超过其倒下的速度。如果他康复了，那些多米诺骨牌会再次排成一列列的队伍，但绝不会和以前的排列完全一模一样。

罗杰的器官正在快速衰竭。他仍然脱离不了呼吸机，需要越来越多的高压氧气。我们继续给他做积极的液体复苏，并使用大剂量药物，改善他的体内循环。他没有凝血，但是现在，他的肾脏不工作。

如果不进行透析，一旦这种危重病情发展成肾衰竭，将不可能恢复。这样的病症，如果患者能痊愈，肾功能通常会恢复，但可能需要2~3周。如果我们不纠正病人血液中日趋严重的生化异常，身体其他器官将会直接"歇业"、慢慢坏死，病人也会随之死亡。这有点像在严重污染的河里游泳，如果待得足够久，我们也会死。

20世纪80年代晚期，米德摩尔医院是新西兰首家用持续肾脏替代疗法（Continuous Renal Replacement Therapy）治疗因急性肾衰竭而进ICU的病人的医院。根据相关原则，因糖尿病或肾小球肾炎（Glomerulonephritis）这样的疾病导致的永久性终末期肾衰竭患者，间歇性血液透析为每次4小时，一周3~4次；连续性血液透析则会谨慎地延长时间，一天长达8小时，这种情况下，通常需要每天缓慢、稳定地清除体内产生的废物。

那个时代的技术与当今非常不同。那时我们使用一种叫汉诺威平衡（Hannover Balance）的系统，在腹股沟处的股静脉和股动脉中各放置一个大插管，这样，病人自身的血压可以有效驱动血液流经过滤器。过滤器的孔隙设计成允许一定尺寸的分子从血液中滤出，进入溢流容器，而普通静脉注射液作为替代品混入。平衡是指基于一种保护框架设计，精心配比重量和数量，以确保加入和去除恰当数量的液体和电解质。机器和必要的配件要占满半个房间，设置需要好几个小时，然后才能开始工作。

罗杰需要血液透析，他的其他器官也要提供支持，一起来争取时间，以使他有能力恢复。相比以前的模式，现在的透析是件小事，现代透析机很简单，几乎是傻瓜式的。只需放置大口径双腔静脉导管到颈部的颈内静脉，或胸部的锁骨下静脉，或腹股沟处的股静脉中，血液就会经导管的一个管腔进入透析机，透析后，通过另一个管腔送回体内。

像罗杰这样的患者病情相当不稳定，所以做这些时需要非常小心，尤其接入透析机时要避免心血管系统崩溃。机器是交互式智能系统，操作过程便利，能将血液和透析液流速控制在很低的水平，以保持患者状态稳定。

罗杰透析了整整24小时才证明我们赢了。病情恶化进程放缓，各项指标触底，然后，他慢慢地开始好起来了。

随后的几天，我们降低了他的外在支持水平。一周后，尽管仍然需要每两天透析一次，但他的呼吸管拿掉了，可以和我们交谈了。像大多数 ICU 中的危重病人一样，他不能马上想起来自己身上发生了什么。

我估计罗杰是被透析机救活的，这台机器在后台缓慢运转，发出嗡嗡的声音，它现代化、精巧、低调，提供我们所称的缓慢低效每日血液透析（Slow Low Efficiency Daily Dialysis），在远远低于一枚人类肾脏预期的水平上运转，但足以挽救生命。

滚柱泵稳定地运转，以每分钟 200 毫升的速度把他的血液从股静脉中泵出，流经过滤器，再通过大口径导管的第二个管腔送回同一根静脉。机器中，在透析膜的另一边，与罗杰的血液方向相反，透析液同样稳定地流动着。整个过程中，分子始终稳定地穿过透析机，罗杰血液中的废物被清除了——正常情况下，那是由他的肾来做的事情。

我们的器官在我们创造的稳定环境中保持最佳运转。随着肾功能衰竭过程的持续，它们将在有毒的混合物中艰难地挣扎。支持罗杰血压所需的药物逐渐减少，他的病情恶化速度减缓，经过一个紧张的夜晚后，他开始明显好转。对罗杰有利的是，他很年轻，以前身体健康。他青年时曾是运动员，尽管膝盖上有长长的镰刀状疤痕，但实际上仍然很健康。如果有人能熬过这种疾病，那非他莫属。

接下来的几天里，我们停掉了所有支持循环系统的药物，不间断的静脉复苏需求也逐渐减少，直至完全停止。他的透析需求从几乎不间断到一天只做一次。一切都朝着正确的方向前进，所以我们减少了镇静药剂量，让他慢慢醒过来。虽然看上去仍然昏昏欲睡、一脸愕然，他还是睁开了眼睛，对我们做出了适当的反应。这无论对他的家人还是我们来说，都是美好的时刻。他，曾经病入膏肓，现在终于走上了回来的路。

最初几日，罗杰翻滚着走向死亡，我们紧追其后，给他输了22升的液体，为维持他的正常血压出了一半的力。如果他的肾脏能自己工作，那就会马上排尿，但显然肾脏还需要2~3周恢复期，所以我们用机器来帮助他，每天排出3~5升的尿液。到周末时，他不再需要呼吸机，能自主呼吸了。

一周后，他开始排尿，很淡，大部分是水，但有一桶多，他的肾脏从昏睡中醒来，慢慢学着再次完全承担起自己的工作。尿液质量好起来，数量有所减少，不再多得过分了。一周后，肾脏回归正轨。12厘米高的肉质"马蹄铁"，我的禁果，别人的美味佳肴和荣誉体现，出院了，随着罗杰一起。

第四章

现代瘟疫

困扰、拖累、压垮我们

消化道
(the Digestive Tract)

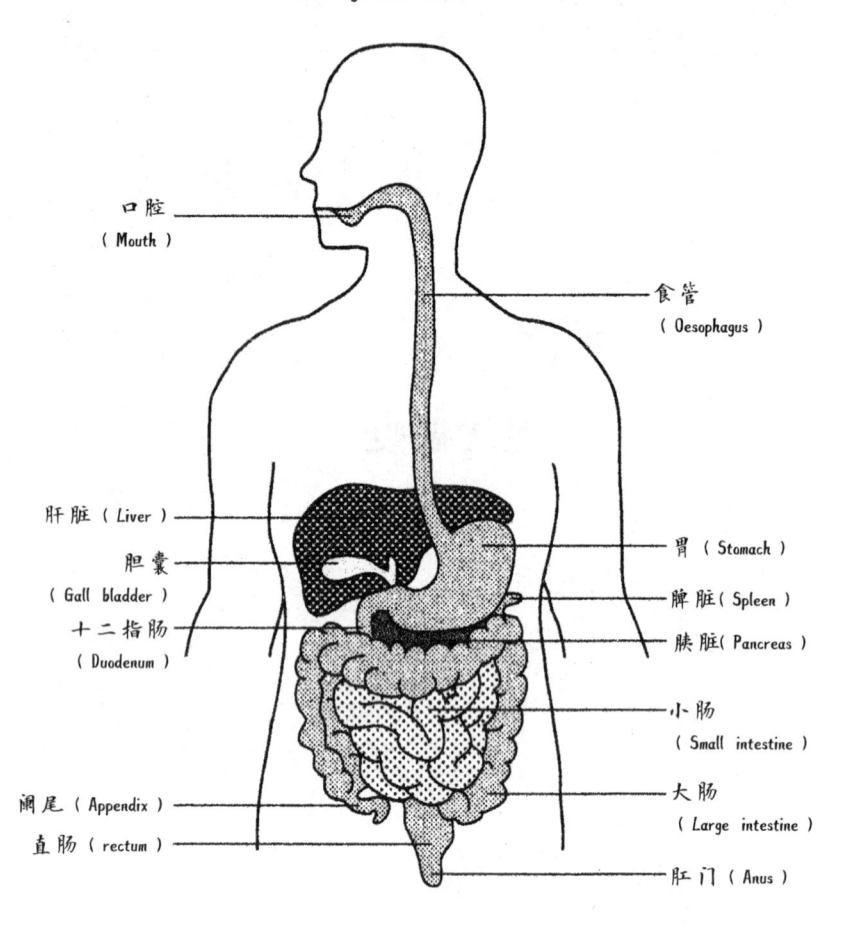

口腔 (Mouth)

食管 (Oesophagus)

肝脏 (Liver)
胆囊 (Gall bladder)
十二指肠 (Duodenum)

胃 (Stomach)
脾脏 (Spleen)
胰脏 (Pancreas)
小肠 (Small intestine)

阑尾 (Appendix)
直肠 (rectum)

大肠 (Large intestine)
肛门 (Anus)

一天晚上，在离家 4 000 公里的地方，我在一场宴会上遇到了一件有意思的事情。一位我认识但记不太清楚的宾客，感谢我当年对他病重妻子的照顾。他尤其感激在这个令人深受折磨的过程中，我为他和他的家庭所做出的努力。

那是 20 年前，他妻子怀孕了，却患有一种会危及生命的叫 HELLP 综合征（HELLP Syndrome）的妊娠综合征，这是一种与先兆子痫（Pre-eclampsia）相关的疾病，其名称为三种主要特征的首字母组成的缩略词，包括溶血（haemolysis）、肝酶升高（elevated liver enzymes）、血小板减少（low platelet count）。

他们唯一的孩子，事实上是经剖宫产来到世上的，这个手术不但救了母亲，也救了孩子。他给我看了孩子的照片，当年的婴儿已成了现在的学生，高大英俊。他的妻子温迪（Wendy）现在很好，他们很幸福。温迪康复后不久，和另一位女士联合成立了一个援助小组，致力于帮助其他同样患这种病的人，增强人们的预防意识，及时关注疾病警告信号。回忆那段时光让人感到很愉快。

就读医科学校总是很难，大多数学生都是凭借优异的大学成绩和过人的面试表现才入校的。现在进面试的分数线如此之高，只有最聪明、最努力的学生才能达到标准。这些生机勃勃的年轻人一旦被录取，就会因一些现实从同龄人中分离出来，他们先是兴奋和陶醉，然后就得面对持续不断的学习，涉及生理学、解剖学、神经学、器官系统及相关疾病、心脏、肺，是的，还有肾脏！他们早起晚睡，为考试而学习，几乎不和其他人打交道，最终婚姻常常是内部消化。他们走别人不走的路，兜兜转转进入迷宫中央，有些人永远不离开，有些人没能走出去。所以，在患者抱怨医务人员和他们沟通不畅，导致他们觉得只有自己不了解状况时，很多医生惊人的工作量，加上上述种种，就是我能够坦然解释的理由。

我们很容易忘记或不去考虑自己给日常生活中见到的人带来的影响。有人曾在超市里、火车飞机上、街头拦住我，我以为自己早就忘记他们了，但最终几乎都能想起来。他们记住了我，主要不是因为我的技术，而是我带给他们的感受。他们多半经历了悲伤的故事，失去了亲人，后来慢慢接受了现实。他们记得自己和我在一起时受到了尊重，这或许是因为我总是投入大量的感情在里面吧。

我第一次见到杰克（Jake）是在急诊科里，两张床撑着他。他是在消防队的帮助下被送进医院的。在他家，消防队员不得不把门拆掉，敲出一个更大的豁口，把他抬出来搬到救护车上。他只有 18 岁，体重却重达 280 公斤。

杰克身体非常不适已有3天，呼吸吃力，最有可能的原因是他那树干一样粗的腿上发生了皮肤感染。第一次看到他时，为了集中精力在这个年轻人和其家人身上，做正确的事情，我竭力抛掉了脑海中涌上来的一堆无益想法——他是怎么变得这么大块头的!

他几乎没有意识，跟他说话时，他只会嘟哝，也无法跟着做简单的指令。他的胳膊有我大腿的两倍粗，所以即使用上了医院里最大的袖带，想得到他的可靠血压记录还是很困难。所有的读数都处于危险的低范围内，用脉搏血氧仪测出的血氧水平也是如此。做出评估后，我和他父母做了简短而重要的交谈，说明病情的严重性，同时了解更多杰克的生活。

他先天患有一种罕见但已被精确定义的疾病——普拉德－威利综合征（Prader-Willi Syndrome），因一条染色体中的复杂基因异常所致。跟很多患这种病的人一样，他受多食症折磨，有强迫性进食欲望，同时还有一系列行为和身体上的其他问题。尽管整个童年、青少年时期都在接受治疗，他的强迫进食行为还是变得越来越难以控制，体重也加速增长。

他的庞大体型让护理人员找不到静脉来建立静脉通道，所以这件事就留给我做了。我把杰克的床头放低到30度，把针扎进他颈部的颈内静脉，突然之间，他停止了呼吸，很快死去。放低床头，就这么个小动作，成了压死骆驼的最后一根稻草。我们称之为"呼气相气流阻塞"（Expiratory Airflow Obstruction），用通俗的话讲，杰克实际上是被自己的体重压垮了。因为病情严重，加之体重太重，他根本没有力量或动力来激活、驱动自己的

第四章 现代瘟疫 69

呼吸肌进行呼吸。事情发生时，我们没有试图抢救他，我们无能为力。对于我们这些想帮助他的人来说，这是尴尬而怪异的时刻。我们把他的家人叫进屋来，陪伴在处于弥留之际的他身旁。

杰克过度肥胖的原因大家都明白，他的父母也接受了可能有一天他们的儿子会去世的事实。所以，尽管杰克和他的家人经历了不幸和悲痛，这个结局却并不出人意料。在医院里，他们没有不切实际地希望我们能为杰克做些什么。我们达成了一致，最多给他提供一些有限的支持，比如氧气、液体、抗生素。最后，杰克甚至没有选择这种有伤尊严的支持，而是离开这个世界，抱着希望去往更好的地方。

我们能够把杰克的肥胖归因于一种已经研究得很透彻的遗传倾向，但是到底是什么助长了全球肥胖病的流行，还很复杂。影响因素有很多，体现了人们生活方式的变化，比如增长迅速的市场经济，高脂高糖食物、饮料的出现和快速蔓延，大众营销，城市化，劳动力市场的改变等。这些变化席卷全球，我们全都实实在在地被淹没其间。在很多方面，我们受益于20世纪末21世纪初的大规模全球变化，但是在有些方面，我们输掉了一切。

很少有国家或政府没有受到影响，更多的已无法在这些变化带来最大收益的同时，将危害降到最低。大多数人只是在随波逐流，我们所有人，作为一个世界，永无休止地变化着，想从中抽身已经变得相当困难，这使得很多人无法仔细思考。但是，这种流行病，这种后工业化现代革命的意外结果，对个人造成了巨大的伤害，让社会付出了高昂的成本。实际上，这不可回避，必须处理。

塞莱妮（Seleni）就是个很好的例子。像成千上万的其他人一样，她体型庞大，体重达到160公斤，然而，她并非生来如此。事实上，她的母亲记得塞莱妮孩提时很苗条。进入青春期后，一切都改变了，她的饮食习惯和生活方式给她带来了不良影响。渴了就喝含糖量非常高的碳酸饮料，饿了就吃高碳水化合物、高脂食物。她会整天吃零食，用餐时，不论什么都吃得很多。家里的橱柜和搁架上鲜有健康食品可供选择，就像她去购买食品的附近商店那样。偶尔，她会吃些水果和蔬菜，但是这些东西要贵得多。

还只有十几岁的时候，塞莱妮的体重就到了120公斤。16岁中学毕业时，她找了份裁缝工作，这很适合她，因为那时候，走路已让她很不舒服，而且很快就会感觉疲劳。

她母亲，一位胖胖的妇人，记得大概就是从那时起，塞莱妮晚上打呼噜，白天打瞌睡。夜间打鼾和日间嗜睡是睡眠呼吸暂停的标识，这是一种疾病，因睡眠时气道部分堵塞而致。

这在超重人群中很常见，特点是周期性鼾声如雷。在呼吸暂停期，呼吸会短时间停止，然后通常是非常大的鼾声或咕噜声，这是另一轮呼吸的吸气动作形成的。听上去患者很不舒服，对那些被迫听着的人来说，也是相当恼人。如果事情只是这样，那么戴耳机、用枕头盖着脑袋，或分房睡，或许能帮助他人容忍这一点。但患者自身可能面临更为凶险的后果。

在这种阻塞性呼吸循环期间，尤其是塞莱妮完全停止呼吸时，她的血氧饱和度降至极低水平。这时的潜在危险是，低血氧的累积效应引起肺部动脉的物理变化，从而增加了血液由右心室泵入肺部的阻力，而血液需在肺部获取氧气并清除二氧化碳。结果，心脏右侧变得日益肥大，很难完成自己的工作。肺部血管压力持续增加，心脏右侧更加肥大，这种恶性循环将导致一种叫肺动脉高压（Pulmonary Hypertension）的疾病，最终使人心力衰竭。

这听上去已经很糟了，不过情况会变得更差。因为胸壁太重，只要仰躺着睡觉，塞莱妮就很难充分呼吸，不能有效地清除体内产生的二氧化碳，这种情况叫肥胖通气不良（Obesity Related Hypoventilation），会加速她的心脏衰竭。

和其他有同样症状的人一样，塞莱妮抱怨自己总是觉得疲惫。她都无法想起最后一次早晨醒来感觉神清气爽是什么时候，也记不得她什么时候在白天没有打瞌睡。所以，塞莱妮只能是裁缝，而不是飞行员或公交车司机。

令人遗憾的是，她的疲惫还会带来其他后果，使得事情更加糟糕。我们很多人都曾有过这样的经历，整夜工作或玩乐，睡得很少，第二天会感觉极为疲劳。随之而来的常常是惊人的食欲，通常会吃又烫又油腻的食物，如炸鱼和薯条（这是我的嗜好），或是肉饼。我在做重症监护医生的日子里，经历过很多这样的事情，我知道越累就会越饿，这是有原因的，是一种叫饥饿素（Grehlin）的东西在作祟。

作为对这种疲惫的回应，胃黏膜会释放出饥饿素，作用于大脑，增加我们的进食欲，同时决定饥饿感多快会再次出现。正常情况下，饥饿素刺激食欲的作用与瘦素（Leptin，另一种激素）的作用相匹配，后者抑制食欲。然而，持续疲惫和高糖高脂食物的影响都会增加饥饿素，以致数量太多，结果我们失去了平衡。

塞莱妮没有机会对抗市场力量和生理机能的联合作用。她的体重越来越重,很快到了140公斤。到这种程度后,她不再愿意走路、锻炼。因为膝盖痛和再也没有停止过的背痛,她永久地无法走路和锻炼了。现在她患有高血压,还首次发作蜂窝组织炎(一种皮肤感染),双腿水肿严重,同时诊断出了糖尿病。

我是在医院的急诊科第一次见到她的。当时她体重160公斤,因腿部的蜂窝组织炎又一次发作而来,但是这次比较复杂,因为她的糖尿病带来了一系列很严重的问题。

这时候,肥胖已成为干扰塞莱妮生活的关键因素,不仅给她带来了健康问题,而且严重影响到她如何看待自己,很多日常生活中的事情,能做还是不能做,都由它决定。肥胖完全限定了她的生活质量,现在糖尿病又使她的病情更加复杂,以致于她的生命受到了直接的威胁。

糖尿病是一种新陈代谢疾病,与血液中高水平的葡萄糖相关。常见的有两种——1型糖尿病和2型糖尿病,前者又称早发型糖尿病,多发于儿童和青少年;后者也叫成年型糖尿病,通常影响中老年人。就像塞莱妮,2型糖尿病在人群中特别常见。

正常情况下,我们吃东西时,消化道会将碳水化合物分解成葡萄糖。很多食物中都有碳水化合物,它由糖和淀粉构成,而葡萄糖是糖在血液中的存在形式,是维持细胞存活的燃料。胰岛分泌的胰岛素使人体能够吸收葡萄糖,并利用它来获取能量。如果身体不能分泌足够的胰岛素,或不能有效利用胰岛素,或二者兼有,则会引发糖尿病。

毫无疑问,肥胖是塞莱妮患上糖尿病的原因。是的,她也可能有糖尿病方面的某种遗传倾向，但如果像某些人那样过度夸大这一点，是不负责任且危险的。

和很多人一样，塞莱妮入院时诊断出了并发感染，但很有可能她在此前的好几个月里已经感染了。如果她体内的细胞会说话，它们应该早就告诉她了，远比医生要早，因为人体通常在经历一段时期的胰岛素抵抗后才会完全患上糖尿病，该时期内，细胞对胰岛素作用的反应越来越小。因此，胰腺分泌更多的胰岛素，试图控制这种状况，直到最后它坚持不下去了，才出现高血糖症状。对于塞莱妮及成千上万的其他糖尿病患者来说，保护身体不受高血糖影响的重要性，无论怎样强调都不过分，因为不这样做的后果非常可怕。

高血糖症直接损害我们的主要血管——主动脉、颈动脉、冠状动脉、髂动脉、股动脉——极大地增加了心脏病发作和中风的风险。它会慢慢破坏输送血液到视网膜的小动脉，造成视网膜病变；对神经系统来说，会限制其传导感觉的能力，导致神经病变；至于肾脏，会得肾病。糖尿病就像某种形式的人类锈蚀，会慢慢地摧毁我们。和许多比她早发病的人一样，塞莱妮在确诊前就已"生锈"很久了。

减重、锻炼、改变生活方式能对有些人起作用，使他们的血糖水平降到正常范围内。或许可以挑选一组人出来，直接帮助他们减肥，为他们实施减肥手术。在接受过手术的人群中已得到证实，一系列不同的外科手术能够有效地促进体重大幅下降，虽然进程会比较缓慢，但对某些人来说，可以停止糖尿病引起的"腐蚀"。然而，即使全世界所有的减肥外科医生一周7天、一天24

小时不间断做手术，这个问题的严重性也很难被削弱。大多数肥胖症患者就是不能，或没有意愿靠自己来减肥，所以他们不会有所改变。塞莱妮就是其中之一，她唯一现实的选择是继续药物治疗，控制血糖和血压，从而尽量减少对血管和终末器官的持续损害，尤其是她的肾脏。

塞莱妮最近一次入院时，病情比以往都严重得多，因为她的左腿出现大面积严重软组织感染。发烧，低血压，伴随肾功能的明显衰竭，这是糖尿病进程和急性感染的共同作用所导致的。

为了确定塞莱妮腿部感染的范围和深度，她被送入手术室。医生谨慎地实施了麻醉，她睡着后，外科医生做了我们一直要求他们做的事情，评估皮下组织的存活能力，从脚踝到膝盖以上，逐步进行。情况不容乐观，她的皮肤红肿，皮下脂肪和肌肉呈现病态的灰色，切开时没有血液流出。这就是从脚踝到膝盖的状况，事实上，她的腿已经坏死，为了挽救她的生命，只能做膝盖以上截肢手术。

塞莱妮这时的状态相当差，接着呼吸机，沉睡着，被输入大量的复苏液体和高剂量药物，以维持血压。手术结束后，她被送入重症监护室，并立即接入肾脏透析机器，替代她逐渐衰竭的肾脏。

塞莱妮最终恢复了过来。但是，尽管只有 40 岁，没得到控制的糖尿病及高血压带来的致命损害使她的肾永远停止了工作。住院几个月后，在家人的照顾下，她坐着轮椅回家了。余生她都将与血液透析中心捆绑在一起，每周做 3 次透析。

应对这么重的病情时，其中的不易难以形容，在实践层面，做什么事情都很困难，比如静脉输液扎针、测量血压、做简单的床边检查、放入尿路导管，一切都是挑战，有时根本做不到。把病人从一张床搬到另一张床上需要一群人，而且CT和核磁共振（MRI）床的承载重量有限制，所以没有办法完全规范地做检查，即使能完成扫描，出来的图像也很不容易看清楚。此外，临床工作人员还需要认识到并克服个人偏见。现实中，有人会将生病归咎于病人本身，希望他们甘心接受任何结果，这限制了我们为其提供帮助并在一切医疗干预中取得成功的可能性。这些是真正需要关注并尽力克服的问题，我们要多了解患者本身，不可以受他们体重的影响。

在世界很多地方，肥胖及其后果已成为紧急公共卫生事件。这场危机被认为是某种形式的营养不良，比起我们更习惯看到的贫困国家中的营养不良，它更难解决，杀伤力更强，代价更高。

许多中等收入国家中，在相同的地方，尤其是城市，用两种喂养方法（母乳喂养及过渡到配方食物喂养）喂养的婴儿都越来越营养不良，因为他们的食物质量差，缺少真正的营养，青少年和年轻人易患厌食症，重度肥胖患者数量也不断上升。

在太平洋地区，人们大量涌入城市，包括新西兰的城市。为了寻找工作，他们远离自己的故土、传统家庭、文化背景。在这些地区，婴儿营养不良及成人病态肥胖数量都在增加。他们带来了一系列难以应对的并发症，还有道德伦理困境，及我们的健康和社会服务如何做出最佳响应的问题。

肥胖，是指相对于去脂体重，人体内脂肪含量过高（脂肪组织过多），常与大幅增加罹患某些疾病的风险密切相关。

体重指数（Body Mass Index，BMI）是最常用的体重衡量分类方法（分为：偏低、正常、超重、肥胖），儿童、成人均适用。BMI是根据身高调节的体重指标，计算方法是，体重（单位为公斤）除以身高（单位为米）的平方。

18周岁及以上成人BMI值分界点

分类	BMI值（kg/m²）	多种疾病风险
偏低	<18.50	其他临床问题风险增加
正常	15.50 ~ 24.99	平均风险
超重	25.00 ~ 29.99	风险增加
肥胖	≥ 30.00	高风险
一级肥胖	30.00 ~ 34.99	高风险
二级肥胖	35.00 ~ 39.99	严重风险
三级肥胖	≥ 40.00	非常严重风险

对于2~17周岁的儿童和青少年，国际肥胖特别工作组（International Obesity Task Force，IOTF）已制定了类似的BMI分界表。

营养不良、BMI指数极低的人面临广泛的临床问题，因为他们几乎没有用以预防疾病，及万一生病或手术后恢复健康的能量储备。这一点在我自己的ICU病人那里得到了证实，我们看得到接受外科诊断手术后，病人的状况是什么样的。

在外科手术患者中，面临着同类的术后问题，通常，相对于BMI较高的人，数值很低的人情况比较糟糕。起初我对此感到很惊讶，不过这和病人的自然状态有关。基于特定的手术考虑，做手术的重度肥胖病人通常被精心挑选过。大多数人不像杰克和塞莱妮那样患有终末器官晚期并发症，如果确实诊断为肥胖引发器官衰竭，他们的治疗选择会很有限，治疗结果也格外不好。

2012～2013年新西兰健康调查[3]显示，成年人口中：

- 近1/3的成年人（15周岁及以上）肥胖（占比31%），另有34%的人超重。
- 48%的毛利成年人肥胖。
- 68%的太平洋地区成年人肥胖。
- 男性肥胖比例从1997年的17%上升到2012～2013年的30%。
- 女性肥胖比例从1997年的21%上升到2012～2013年的32%。

儿童也出现了同样的趋势，同一健康调查发现：

- 1/9的儿童（2～14周岁）肥胖（占比11%）。
- 另有1/5儿童超重（占比22%）。
- 19%的毛利儿童肥胖。
- 27%的太平洋地区儿童肥胖。
- 大多数贫困地区儿童的肥胖率是非贫困地区的3倍。该发现未就高低贫困地区儿童人口的性别、年龄、人种构成给出不同解释。
- 儿童肥胖比例从2006～2007年的8%上升到2012～2013

年的11%。

像新西兰这样的小国家，这样的统计数据是灾难性的，GDP规模不大，且增长缓慢，而健康和社会服务就是基于此，努力提供给大众的。

新西兰并非唯一存在这一问题的国家，肥胖这种流行病，几乎不受控制地蔓延到了大多数发达国家。1980年以来，全世界肥胖率已翻了一番。

根据世界卫生组织的统计数据[4]，2014年全球有超过19亿成年人（18周岁及以上）超重。其中6亿多人肥胖。儿童相关数据也令人震惊，2013～2014年，有4.2亿5岁以下儿童超重或肥胖。

大多数发展中国家的情况类似。对于太平洋地区的小国家来说，这个问题尤其严峻，肥胖率飙升，健康卫生服务已不堪重负。

这些数字现在如此之高，世界范围内，肥胖致死的人数比饥饿或营养不良造成的死亡人数还要多。因为国家将稀缺资源从其他重要的公共事项中转移到了这方面，所以这些死亡的代价要高得多。

尽管导致肥胖的原因多种多样，但它是可预防的疾病。成千上万没有肥胖的人能证明这一点，此外，那些有技巧和资源保持自身健康的有钱人也是例证。在国家层面做到这一点需要一定程度的管理，很少有政府愿意投入，因为这需要长期致力于执行有效的公共政策，推行社会营销，帮助社区、家庭、个人改变行为。有些人对此非常抵触，说这不可能做到，我们会任由市场和媒体摆布，而我要说，这都是扯淡。

我们的未来取决于我们对其做出的准备。威胁公共健康的主要因素中，交通事故和吸烟就是两个典型例证，社会已在减少致死人数、降低代价方面取得了重大进展。通过实施有效的公共政策，如给汽车和司机发放许可证，设计更安全的道路，严惩酒驾等，交通事故死亡人数已有所降低。烟草相关的死亡人数也减少了，因为烟草制品价格上涨，广告也被禁止了。

无疑，对于后者来说，在很多群体中，一些减少烟草使用的措施通常是有效的，比如监管与社会营销的结合，尼古丁替代疗法的使用，戒烟热线提供建议。对于肥胖，如果使用同样的方法，一直坚持下去，那么完全没有理由不会取得成效。主要的障碍在于很多政府的抵触和愚昧无知，他们不愿使用监管来推动变革，因为这种变革完全不符合他们的思想和信念，同时也意味着会让他们食品和油脂行业的很多"朋友"不舒服。就现状而言，很多国家正在为自己打造一个他们永远负担不起的未来。

对于塞莱妮和许许多多状况类似的人来说，那些过去的日子，曾经希望的日子，一去不复返了，取而代之的是身心疲惫，充满风险，每天苦苦挣扎，只为了活着。

也许我们该看到生活中的光明面，至少一半的糖尿病患者在肾衰竭之前就会死于缺血性心脏病、心脏病发作或中风，他们还需要血液透析。所以，就这点而言，或许塞莱妮已算幸运，不过她靠透析维持的生命会艰难而短暂，乐观估计最多只能坚持1~2年。

感染夺去了塞莱妮的一条腿，还有肥胖所致的糖尿病、心力衰竭、静脉血液滞留。很多其他糖尿病患者的脚损伤是因为神经病变和感觉缺失造成的，有感染的风险。可能是很小的事情，比如只是鞋子紧磨破了皮肤，或只是割伤，伤口都很难痊愈，最终被感染。这些小的感染很快会变成一场灾难，细菌在糖尿病患者的腿脚这种对它们有利的环境中扩散，使越来越多的组织坏死。有时，经过几个月的换药、清创，脚或腿就永远失去了。

在很多中低收入国家，糖尿病流行，但资源和健康服务有限，伤口护理往往很差，造成了高截肢率。这些国家很少能配假肢，使得越来越多的人成了残疾人，只能依靠家人生活。

透过现象看本质，就我而言，肥胖和糖尿病是人造的现代版瘟疫，我不知道这种混合着痛苦和代价的漩涡何时才能平复。

考虑到政府行动的勉为其难，我们临床医生既有集体也有个人责任来倡导健康政策，预防像糖尿病这样的疾病带来的后果及其病因（尤其是肥胖）。从个人的角度，我也有责任提出促进策略，以改善每位患者的健康状况，让他们远离疾病，帮助他们健康地生活。

我每周都花时间和一组医学生在一起交流。通常情况下，我的教学结构松散，我们讨论人本身及那周他们见到的病症。他们都很聪明，热爱学习，看上去也喜欢这种交流。

他们有些人健谈，有些人沉默寡言，有些人年龄大，有些人年轻，形形色色，各有不同，包括他们的胖瘦。普里西拉（Priscilla）是位 15 岁的学生，体重 43 公斤，我知道这些，不是因为我问了，而是她告诉我的！她的体重只比我们在逼近死亡的最初 48 小时内，输给塞莱妮的液体重一点点。

桑尼（Sonny），一位健谈、阳光的四年级学生，体重刚好是普里西拉的5倍。有一天，我们在课上讨论了肥胖的成因及后果，下课后他告诉了我他的体重。那节讨论课上，我最初没有想到他，但是很快，他的肢体语言告诉我，讨论让他多么不自在。他低着头，没有和其他任何人做眼神接触，也没人看向他。他什么也没说，讨论变得不自然而困难。很显然，我应该事先跟他谈一下，但是我没有。

桑尼22岁，有一次我们单独在一起时，他如释重负，终于有机会开口说话。他和姐姐及外甥、保姆一起生活。他们家的所有人都超重。桑尼患有痛风，已经是糖尿病前期，因感染住院两次，都与体重有关，不过还没有出现器官衰竭的明显症状。他无数次尝试减肥，一般是节食，但总是以饥肠辘辘后狂吃垃圾食品而告终，每次减肥的结果都是增肥。如果住在别的地方，桑尼或许早已成为减肥手术的候选人，但在这个岛上，那是不可能的。

如果你体重达到210公斤，这不可能是意外事件。每天，他会喝4～5瓶功能饮料，每瓶含糖14茶匙。除此之外，他还会喝同样数量的软饮料，每瓶含糖9茶匙。所以，桑尼每天相当于摄入100茶匙糖，也就是1 600卡路里热量。

他还吃大多数人吃的那些高碳水化合物、高脂肪食物，因为它们容易买到且很便宜。奶油面包每天2～3个，这又加了900卡路里；还有面包，520卡路里；芋艿，通常蒸过后蘸着椰浆吃；还有高脂肪的炒面。两餐之间他还要吃零食——香酥芋条。他的卡路里摄入量巨大，而通过锻炼消耗的能量却极低。

后来我和他及他姐姐一起碰了面，我们制订了一份家庭计划。首先是用水或新鲜椰子水来代替含糖饮料。桑尼是医学生，很聪明，也很擅长使用互联网，所以在激励下，他开始寻找一些健康食品和零食，以便饿的时候可以选择。只研究了几小时，他就发现了好几样，买得到又负担得起，所以，接下来的一周，他和姐姐储备好了食物。他甚至开始在包里准备胡萝卜和普通的爆米花，以备不时之需。

在家人和我的支持下，前3周他瘦了11公斤。现在，他的体重下降速率放缓，但是仍然朝着正确的方向行进。每周，我们见面、交谈，思考那些可能成为麻烦的事情。它们无处不在，可能来自和他以前的生活方式有关的人、地方、事情。桑尼的目标是减到100公斤，不过即使他坚持目前的计划，那也将是以后的事情。这很困难，会反弹，但是如果能坚持下去，到一定的时候，他会开始体会到实实在在的好转，也能参加更多的锻炼。在持续的支持下，他可能会走到那一步，而不会成为另一个塞莱妮，不过这种不好的事情仍然有可能发生。

纵观我的医学生涯，我目睹了一些非同寻常的变化，技术进步使我们能为更多的患者做复杂的事情，安全而高效。而与此同时，现在我们在医院中对待患者的敏度曲线也发生了戏剧性的改变——投入巨大的努力和资源到很多濒临死亡的患者身上，却只不过能让他们勉强维持几个月的生命。塞莱妮就是其中之一，她变成了残疾人，不能工作，不能为家庭、社区、社会的幸福做出贡献。很不幸，她成了累赘，成了那些她爱的人和始终关心她的国家的负担。

富裕国家瞎搞的时候，糖尿病大行其道，我们花费越来越多的药物和医疗护理来控制其并发症的上涨浪潮。而缺乏基础设施和资源的中低收入国家,即使面临更可怕的任务也得这么做,应对糖尿病的感染性并发症,引流脓肿、截肢。那些地方的医院里关着的是更多的残疾人,而不是正在康复的病人。这世界在倒退,我们再次处于中世纪的黑暗中。

第五章

医药改革者

我们需要更多

脑动脉
(the Brain Arteries)

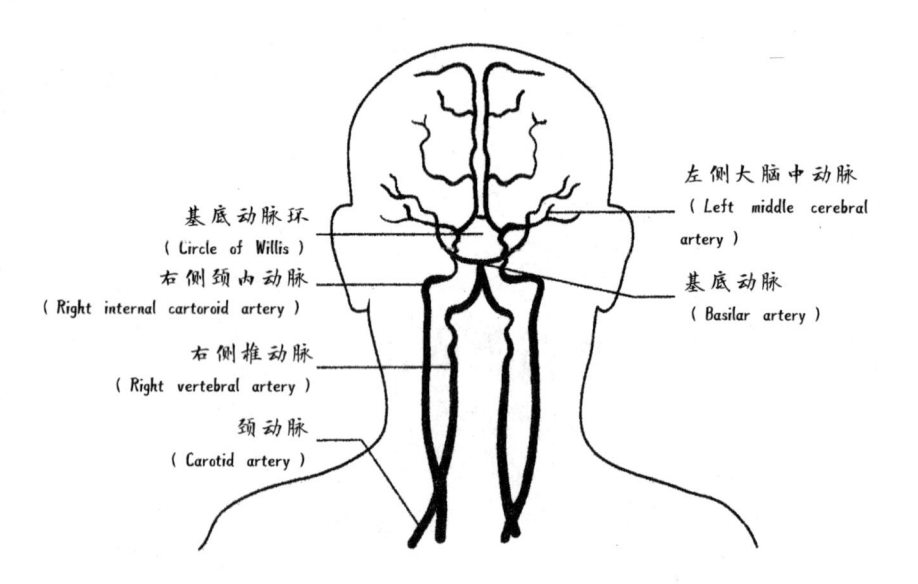

- 基底动脉环 (Circle of Willis)
- 右侧颈内动脉 (Right internal cartoroid artery)
- 右侧椎动脉 (Right vertebral artery)
- 颈动脉 (Carotid artery)
- 左侧大脑中动脉 (Left middle cerebral artery)
- 基底动脉 (Basilar artery)

很久以前，我在奥塔哥（Otago）的医学院读书，有时现在的我看上去和过去也没有太大差别。我是个"成熟的学生"，或许比别人更不谙世事，不过也不敢肯定。我觉得自己来自另一个世界，已经开始质疑各种事情的存在方式和原因。

我以前曾是学生，从位于惠灵顿的维多利亚大学获得了学位。劳埃德·格林（Lloyd Geering）的比较宗教学课让我获益匪浅，我喜欢他，喜欢他提问和自我思考的方式，钦佩他以象征意义而不是字面术语来理解基督受难，从而挑战宗教信仰的勇气。我也修了古典学，主题是杰出的雕塑大师普拉克西特列斯（Praxiteles），他以其宏伟雕塑中的慵懒"S"形曲线闻名，男性肌肉健美，女性柔和优雅，仿佛有着生命，尽管他们是用卡拉拉(Carrara）大理石雕刻而成。与之完全不同的是我的动物学课，充斥着僵硬、冷冻、干燥的死章鱼、海星、水母。回想起来，那时我完全不知道要做什么，不过真的很享受，并在生活中汲取着经验。

那时我还不清楚自己的未来，和其他迷茫却有趣的灵魂一道，我在惠灵顿找了份公交车司机的工作。公交车很宽敞，外表红色，有些车用柴油，但主要还是电动的，所有的车都很好玩。

新司机入职培训持续了6周。我那组有4个人，前波希米亚瘾君子、他受过教育的女友、我在大学及医学院的好朋友、我。我们的指导老师是约克郡（Yorkshire）人，偏好奶油面包，尤其喜欢"西顿"蛋糕店的。

每天，我们会在考特尼街停车场集合，相当于公交车司机的ICU晨会，那里现在是"新世界"（New World）超市。计划已制订好，往西顿的线路也已定下来，开车任务分派给我们其中一人，然后散会。

到达西顿后会再次集中开会，讨论交通规则，我们只给混凝土搅拌车让路，这是我们在新工作中可能遇到的常见风险。

无轨电车是危险的野兽，悄无声息却致命。在你双脚的指挥下，汹涌的电流从头顶的电线倾泻而下，通过那些可怕的线杆，进入野兽的心脏。第一次驾驶无轨电车就像驯化一匹野马——满溢的原始力量、骇人的不可预知。慢慢地，随着耐心增加，外加不断练习，脚的操控动作变得轻柔，最终能够控制住野兽的威力。

下一个挑战是变道，脱离主线去往另一个目的地。就像火车进出站台一样，无轨电车也需要进入乘客等待的车站，然后送他们去其他地方。这需要一些技巧，因为变道时需穿过上面电线的转接器来获取电力。要考虑电流传输的速度，和车顶线杆掉下来的尴尬速度。我说尴尬，因为这是我们这组人在线杆跌落时普遍的感受——且不说大家都知道的詹姆斯·史密斯拐角那个点，我们所有人，经过时或多或少都会故意拉下线杆，从3号线换到

2号线，穿过维多利亚山公交隧道。这个点臭名昭著，如果正好以每小时15公里的速度接近，不但线杆会掉下来，固定它们的其中一根绳索也总是会断掉。断一根绳子，一早上就没了，久而久之，我们都会随车带一根备用。

我们穿着灰色的聚酯纤维制服，频繁吃东西，不能好好用餐，长时间坐在红色塑料座位上。最坏的情况下，这是实现早死的处方；而最好的情况是，这是通往严重痔疮的道路。我做了一段时间后，很快意识到，我不能永远驾驶公共汽车。

因为对痔疮的恐惧要多过早死，而且我觉得自己让父亲失望了，这让我倍感沮丧，于是，我开始带着复杂的心情，寻找另外的职业。

在我的青春期，父亲开过一连串闪闪发光的汽车，他坐在仪表盘和方向盘之间，凝视前方，戴着帽子（他的必备），对面来车的司机能看得很清楚。他和妈妈从来没乘坐过公共交通工具，如果没有爸爸的陪伴，妈妈会坐出租车出门。

一天上午10点30分左右，父亲来到韦德士顿山脚下的公交车站，等着和我一起回家，这真是个惊喜，可能也有点尴尬，因为我知道他对于我这份工作的想法，我并没有沿着专业和学术道路走下去。他真亲切，我想他很享受这趟乘坐，坐着，看着。我猜他在看到我前面的仪表板上堆着的一摞书时，也是有点安心的，或许他会认为我的选择并不一定是错误的或浪费时间的。

在那些日子里，很多学生处在和我一样的状况。我们都从大学毕业，四顾茫然，想知道自己该做什么，该从事什么样的职业。大家在彼此的陪伴中耗费时间，解决世界上的问题，举办舞会欢度时光。那是一种奢侈和投资，我的很多同龄人享受其间，可是其中的许多人现在拒绝给当今学生同等机会。如果我在准备好之前被迫从事其他某种工作，谁知道我会怎么样呢。

在一次即兴聚会上，我碰到司机同行吉姆（Jim）。他父亲是著名内科医生，对他失望之极。我们在停车场，那天是发薪日，阳光从天窗泻下，切入朦胧的聚光灯光束，穿过缭绕的香烟烟雾，照在玩牌、聊天的人们身上。我和伊莱亚斯（Elias）一桌，正在从基莱（Chile）、莱奥塔（Leota，他是爱笑的萨摩亚原住民）、吉姆三人的攻击中逃跑。吉姆已经做了3年公交车司机，他很聪明，大学毕业时已被医学院录取，但他不清楚自己该做什么，所以没有去。我们说着"一生与痔疮相伴"的笑话时，他告诉我决定重新申请就读医学院，就在那时，我也决定这么做。

没有告诉任何人，我拿了文件，写好申请，开始走上正轨。我的学位没问题，不过这些天还没看到成功的机会。也就是说，我有理由相信自己，如果得到面试机会，或许只要晃着学位证书，劝说他们录取我就好。我花了许多时间在申请上，思考了很多，这是我毕业后获得的最广泛的经验。不可思议，一切都在按照计划进行，我接到电话，飞往达尼丁参加面试。

无轨电车的仪表板很深，所以成了我的书架。获得面试资格之前的那些日子里，我看了很多书，刚好读完了萨默塞特·毛姆（Somerset Maugham）的《总结》（*The Summing Up*），这是部伟大的作品，当然，我在面试的时候谈到了它。我记得引用了一段关于法官的精彩评论："我希望，老贝利（Old Bailey，伦敦中央刑事法院）里，在法官大人的花束旁，能有一包厕纸，这可以提醒他,他和所有其他人都是一样的。"

我对这个世界充满兴趣,总是朝着外部眺望。进入医学院后,面对的就是工作量和时间,很多学生渐渐远离现实生活,尽管一些教授对此发出了明确的警告,许多人的目光还是转向了内部,一头扎进这个最让人神魂颠倒的世界,人们只在葬礼、婚礼、偶尔的美好聚会上匆匆忙忙地间歇性出现,为了呼吸一下新鲜空气。

那时我单身,还相对年轻,发现自己有和人友好交流的潜能和结交新朋友的魅力。我过得挺开心,或许是被已经根深蒂固的坏习惯所拯救,"凡事要有度,过度亦如此",我的目光仍然坚定地注视着外部。

我从来不是科学型的人,也不是特别学术,学校证书(School Certificate)考试时,物理只拿到50分。只是勉强拿到A级奖学金,得到了还不错的学士学位。但是上了医学院后,我的确做得挺好。真不知道这是为什么,可能我比较善于寻找平衡吧,工作很吸引人,也容易开展,而且我也喜欢周围的人,结交了好多朋友,很多来自街角酒吧,在那里,重点是交谈而不是喝酒。我的朋友里有艺术家、诗人、英语学院的文学家,还有源源不断涌现出的像我这样的人,他们乐于在适度中寻找一点点过度。

即使在那时,我也知道什么最重要,什么让这个世界运转,那就是,人。在我的整个医学生涯中,这一点始终没有改变。我的工作目标是人和生活,提供医疗服务的目标也是人和生活,不论是个人、家庭,还是整体人类,没有任何改变。

这并不是我在医学院学到的,而是在街角酒吧学到的。遗憾的是,过去的时光已不复存在。我们要求年轻人吸取新的、更多的破产教训,很多社会服务的内在价值已经被其成本和可销售价值所取代。回到我说的时代吧,翻新街角酒吧,让交谈回归,把无视公众的政府官员们送到酒吧里做10年的重组,直到他们充分认识到人的价值和我们生活的这个世界的神圣。

我不研究医学史,但经常思考我们今天的所作所为,以及未来会得到什么评价。回顾过去,能让我们对已理解的及更多必须学习的东西持一定的谦逊态度。我看不到这段旅程在不久的将来的终点——我们已经进化了数百万年,所以也会感到一些傲慢自大。不论处在旅途的哪个阶段,我们积累的知识都不大可能与我们适度甚至公正使用这种知识的能力相匹配。需要研究、寻找、促进的是技能,而不是科学知识本身。

我的教授朋友,缪尔·格雷(Muir Gray)爵士是英国格拉斯哥市(Glasgow)的公共健康医生,住在牛津城。他有一个又大又灵敏的脑袋,在很多方面我都是他的学生。虽然我是重症监护医生,但也是公共健康医生。我很清楚,只要我做得好,我所做的事情结果将取决于病人而不是我,在撞车灾难来临之前,病人是生锈的斯柯达(Skoda)还是崭新的雷克萨斯(Lexus)?你明白我的意思。

我们担心的是,很多人只有在身体和精神出现问题后才开始思考。我不是说要纠结于每样小事情,但起码我们对有些事情要保持明智,比如不要抽烟喝酒,不要把自己吃到英年早逝。

我关心这些,因为我怀疑自己是不是希望见到你;因为当你站在死神面前,可能是我三更半夜地再次试图把你拽回来;因为可能是我来为你所关心的事情埋单,而我这样做的时候,另外的人就错过机会了。这仍然是我们大家的世界,尽管有人竭力否认这一点,但新西兰国民在思想、价值观、信仰、行为上都是共通的,并且可能会经久不变。

和缪尔·格雷一样,我也是个改革者,从改革的角度,我看到了过去150年间现代医学的进步。我们知道,1854年发生在伦敦的惊人事件是现代医学首次革命的象征。约翰·斯诺(John Snow),一位执业医师,意识到一种疾病的暴发,并对其产生了兴趣。该病会导致腹泻、脱水,紧随其后的就是死亡。伦敦的很多居民深陷其中,那就是,霍乱。

尽管不是很久远,但1854年的病因理论与现在的大相径庭。那时候普遍认为疾病是由糟糕的空气或是"瘴气"引起的。虽然很多疾病确实是经空气中的一些东西传播,可是那时并不清楚这些东西是什么。当时还没有正式认可细菌或病毒的存在,并对其做出适当描述。斯诺现在被公认为全世界第一位流行病学家,他一丝不苟地确认了所有霍乱病例,并认识到,这些患者居住在苏豪区(Soho),离布罗德街的水泵非常近,这之间是有关联的。然后,只是拆除了手柄,停止使用水泵,霍乱流行就终止了。

后来发现,布罗德街的水源为一口挖掘的井,紧邻下水道、污水坑,污染由此而起。斯诺的行动保护了公众,这是我们首次医疗保健革命的标志,凸显了公共健康卫生的重要性。

尽管传统上在公共健康卫生领域,执业医师负责实施干预措施,比如识别并提供清洁用水、免疫接种、疾病预防、环境管理,但这责任是落在我们所有人肩上的。正因为如此重要,我们不能让那些脸色灰暗的空想家出卖责任,该死地热衷于短期收益。

霍乱事件后不久，1890 年，应糖业商人、慈善家亨利·泰特（Henry Tate）爵士的请求，卢克·菲尔德斯（Luke Fildes）画了一幅著名的作品《医生》(*The Doctor*)，挂在伦敦泰特的同名美术馆里。西蒙·威尔逊（Simon Wilson）在《泰特美术馆》(*Tate Gallery*)一书中对其描述如下：

> 在《医生》的最终版本里，菲尔德斯画了一个生活在乡村的年幼孩子，横躺在两张椅子上，桌上玻璃灯的光照在他苍白的脸上。医生穿着剪裁讲究的西装，坐在这张临时凑合的"床"旁边，焦虑地低头看着他的病人。画面背景里，男孩的父亲站着，一只手放在他妻子的肩上，而她双手紧握，好像在祈祷，同时盯着医生严肃的面孔。
>
> 看得出，他们衣衫褴褛，生活简陋，地上铺着石头地板，上面是青灰色的破旧地毯。桌上放着空了一半的药瓶，还有长凳上的碗和罐子，用以降低体温，由此可见孩子病情的严重程度。地板上的一些纸可能是医生开的处方，药已经吃了。菲尔德斯解释了白天的光束预示着孩子即将恢复。他写道："黎明从小屋的窗户悄悄溜进来，而黎明是所有致命疾病的关键时刻。伴随着黎明的到来，孩子父母的心中重燃希望之火。母亲把脸藏起来，掩饰着自己的情绪，父亲把手放在妻子的肩头，给刚刚降临的一点点欣喜以鼓励。"[5]

该画充满寓意，获得了业内很多人的喜爱，尤其是家庭医生。画中蕴含着双方如此紧密的关系，医生的专注，特别是焦虑和希望，伴随着状况严重的病人，这使得一切都让人倍感辛酸，因为患者是一个孩子。

《医生》完成于发现抗生素之前的年代，那时，感染性疾病，尤其是肺炎，是否能存活只能听天由命。所以当时医生的作用是缓解症状，预测病情发展，施以安慰。

1928年，青霉素的发现改变了一切。从那以后，我们见证了医疗保健的第二次革命——个人健康服务的兴起，其特征是，发掘了更多的药物和技术来提高个体患者的生存质量和寿命。全髋关节置换术可能是一种最好的体现，其被《英国医学杂志》(*British Medical Journal*)评为"20世纪的手术技术"，因为它既高效又可广泛应用。

个人健康服务包括使用新生代药物，其能更有效地治疗和治愈癌症患者，及其他各种各样以前算是很严重的疾病，如类风湿性关节炎和其他自身免疫性疾病。这些手术和药物治疗都很昂贵，但如果使用得当，会很有效。因此，所有的国家都在努力为其埋单。

在新西兰，尽管可能不能及时采用最新药品，但政府药品采购机构——新西兰药品管理局，一直在降低药物成本，促进大多数药品的广泛使用。他们的批量采购方法，成本效益分析，以及与各制药公司的谈判和交易都非常老道。

那些财富渐增并日益强大的制药企业，虽然在企业联盟方面渐弱，但利润丰厚。尽管如此，他们仍然不断在全世界游说政府，剥夺药品管理局的权力，防止它的做法被更广泛地传播应用。他们通常在安静的地方秘密游说，甚至可能在夏威夷的高尔夫球场。在最近签署的跨太平洋伙伴关系协定（Trans-Pacific Partnership）的谈判中，这种游说可能达到了最激烈的程度。

有时，它还会发展成公开蓄意的侮辱和愤怒，几年前，在联邦基金于华盛顿召开的一次会议上就发生过。这是一个美国私人基金会，致力于为人们提供更好的医疗保健系统，尤其是最弱势的社会群体。当时，美国联邦医疗保险和医疗补助服务的负责人是马克·麦克莱伦（Mark McClellan），他是乔治·布什（George Bush）总统的白宫发言人斯科特·麦克莱伦（Scott McClellan）的兄弟。他直接抨击新西兰购买药品的做法。他是在我们卫生部部长参加的一个晚宴上这么做的，我作为部长的顾问也在场，宴会上还有一小群处于职业生涯中期的、我们最好最睿智的健康从业者和研究人员，他们已获得了联邦基金提供的哈克尼斯奖学金（Harkness Fellowships）。

简言之，麦克莱伦的观点是，像新西兰这样的国家，乐于从药企的投资中攫取利益，而不是支付实际发生的成本。这样的谎言说明，我们两国对健康服务的看法截然不同，新西兰视其为一项公众利益，而美国把它作为一系列利益驱动下的交易。这人厚颜无耻的评论让我们有些尴尬，一时不知该如何回应，后来他仍然喋喋不休，于是我们新西兰人不约而同地大声嘘他。

不管你在这一问题上的立场如何，现在，医疗保健成本和支付能力是全球政府都要面对的重要问题，我们在这方面是成功的，但我们似乎已成为这种成功的受害者。

这不是知识和技术爆炸的唯一产物。我们仍然有很多现实而亟待解决的问题，与很多因素相关，如患者伤害、浪费、开支价值最大化、健康服务的不平等和不公平，以及我们在预防疾病方面的不力。

20世纪末，人们对这些问题有了更深刻的认识，从而带来了第三次医疗保健革命——质量提升运动的兴起。

在那以前，"质量"一直是无可争议的基本原则和价值观类术语，很难定义，但在与健康服务打交道时，它可能明显缺失或突现出来，通常我们这时候会认识到它。尽管可能很有帮助，但如果不能清晰地定义我们讨论的内容，没有适当的措施来让我们了解自己的表现是否良好，那么健康保健的质量就很难提高。

从20世纪90年代起，关于"质量"的定义，医疗保健服务提供者与诸多领域达成了一致，认为其包括安全与时间线、平等获取与公平结果、治疗效果与成本效益。这样就有了良好的开端，使我们能更好地理解"质量"的内涵，从而满足患者真正的需求。

每个领域都实施了大量有理有据的行动和措施，以提高病患照护质量。在很多地方，包括米德摩尔医院，特别聘请了从事改进工作的专家，来帮助像我这样的临床医生改善表现。

最近有个能体现主动改进质量的例子，它提高了患者治疗效果，降低了医院的成本，甚至能让临床医生做到更多的事。

重症监护下的病人异常脆弱，周遭人等和干预措施本意是为了提供帮助，但很有可能正是这些人和措施给病人带来了伤害。其中一种风险是血液感染，常常发生并有很大的潜在危险。病人休克时，需要使用大口径静脉输液管来注入药物治疗，这就可能造成血液感染。使用基于实证的成套干预措施来规范静脉通道的建立和维护，感染概率就能大大降低。

在新西兰，这项致力于努力改进的工作在科阿瓦迪中心的领导下，由我所在的米德摩尔医院 ICU 的同事们开始实施，然后推广到国内所有的 ICU。结果，病人所受伤害减少了，感染带来的成本省掉了，据估算，每次感染的成本远超 2 万新西兰元。第二项收获，或许是更重要的，就是参与其间的临床工作人员变得史无前例地热情，而且更愿意接纳这样的精神理念："我们的工作有两样，本职和改进。"这起因于该项工作的实施方法能促进 ICU 内团队合作，允许员工探索他们自己的解决办法来确保工作过程的可靠性。

"一切如常，泰然处之"是一种先进思维，尽管已根植于很多行业，尤其是私营企业，但是在健康保健及其他公共服务领域里，却迟迟未被运用。原因很复杂，但部分可能是健康服务专业人员在这方面普遍缺乏认知和领导力，意识不到其可能性，再者，对预期和目标认识不明确，关于改进的专业知识匮乏，最重要的是，缺少信念，这一点医生最清楚。

举个例子，考虑某学科领域本身的专业知识与运作管理专业知识间的差异，前者是成为医生或法官所应具备的，后者则为了满足上述讨论的质量标准而提供服务。显然，一些医生和法官会有这些相辅相成的专业技能，但是这样的假定是错误的：仅仅因为我是一名优秀的重症监护医生，我就能管理运作好一个 ICU 科室来提供服务，甚至是一家医院或健康服务中心。事实上，很多医生都没有可能做到这一点。同理，一个人在法官席位上待了 30 年，并不意味着就能解决系统内长期存在的问题。正如阿尔伯特·爱因斯坦（Albert Einstein）所说："我们不能用当初创造问题时的思维来解决问题。"

改变健康卫生服务的计划和运作方式，需要一系列不同和互补的技能，涉及不同群体，包括医生、拥有改进专业知识的人、患者及其家人。还要为产品工程师提供场地来解决问题，并通过我们的组织使人员往来状态得到改善。此外，我们也需要其他行业的专家来教授客户服务及更多的知识。

这种开放式思维能带来其他益处，鞭策我们深入思考我们脑中关于"健康"的含义。"健康为了什么？"我经常自问。当然，健康为了生活，为了幸福，为了建立独立自主意识，为了使个人、家庭、社区都富有创造力。

过去，国家或其他医疗保健服务支持者困扰于成本和体量。这种观点已经转变为专注质量，而最近，价值的概念被简单地定义为，我们的开支物有所值。

对此的实际应用称为"三重目标"，由健康系统中的三个关键要素组成：成本管理和金钱价值获取，健康服务质量的改善和个人家庭照护经验的丰富，以及人口整体健康水平的提高。

这样的思维转换至关重要，可以释放探索新方法的潜能，解决对系统起削弱作用的遗留问题，让我们以更广泛的视角思考健康问题，以便更明智地判断出某个领域的政策对别的领域可能产生的影响。一个简单的例子就是，房屋政策对儿童健康的影响。

由此，在仍然认可像免疫接种这样的重要独立项目的价值的同时，我们可以更宽泛地重新定义人口健康概念，考虑其他因素的影响，比如气候变化、住房条件、就业和最低工资水平、饮食、与健康更相关的东西，以及个人或国家想成为的样子。

你可能会说，这也太复杂、太麻烦了。是的，你说得对，但起码这是真实的！只有接纳这种复杂性，以及赖以产生预期结果的诸多必要因素间的相互依存关系，我们才能真正实现目标。有一个用于描述这种思维的术语，叫"转变"，这个词，很多人都很容易提到，但知易行难。迄今为止，官方并没有什么兴趣解决各种复杂问题交织在一起的根本原因，而这些问题正使我们的社会服务资源趋于枯竭。不过就在我坐在这里时，有迹象表明，对话方式可能正在发生转变，一些人正在寻求帮助，悄悄地与那些知道得更多的人交流。

我年轻时相貌英俊，爱上了一位美妙女子，不只因为她漂亮，还因为她智慧、风趣，有其独特的古灵精怪。我们的第一次见面围绕着一只橙子。

她小心地用刀切开橙子，想办法把皮整个扒下来，这样，橙子皮是一整张的。这给了我深刻的印象，不过更多的还在后面。然后，她花了很多时间细致地把附着在剥出橙子上的中果皮剥去，然后一瓣瓣分开，我们一起吃了。我询问了她的技巧，尤其是为什么那么在意剥去中果皮，她说："你不知道吗？如果吃下中果皮，它会包围你的心脏。"

"医学世家？"我问道。

这样的做法很可爱，有一种天真无邪的感觉。不管她的想法有无改变，她一直这么做，直到今天。

从其自身存在方式而论，现代医学也是一种信仰体系，不过它以科学方法或起码是积累下来的案例和专家的意见为基础。但至关重要的是，它必须是开放的、可被审视的。像其他的信仰体系一样，现代医学有其自己的创世故事、历史和传统。有一本像福音一般的书，《现代麻醉的诞生》(*The Birth of Modern Anaesthesia*)，现在在所有的麻醉师心中，其地位已上升到圣经的高度，永久印刻在我的脑海里。摘抄片段如下：

威廉·汤姆斯·格林·莫顿（W.T.G Morton）被认为是现代麻醉之父，1846年10月，他在马萨诸塞州（Massachusetts）的波士顿（Boston）给一位患者使用了乙醚（Ether）。

在此之前，麻醉技术包括使用酒精、鸦片、大麻、催眠。1844年，霍勒斯·威尔士（Horace Wells）首次使用了一氧化二氮（Nitrous Oxide，即笑气）。

将麻醉引入外科手术是新式招数，在那之前，手术很少能够成功实施。多数进行手术的病人被控制住不能动，昏过去算是幸运的了。很多人死了。

随着很多新的更安全药物的采用，麻醉技术迅速发展起来，使复杂且耗时更长的手术得以实施。

1847年，詹姆斯·杨·辛普森（James Young Simpson）教授引入了氯仿（Chloroform），约翰·斯诺将其成功地应用于维多利亚女王分娩，生下利奥波德王子……

麻醉就这样发展起来。

就像现代医学在西方的影响一样，其他文化中也存在不同的与治疗相关的信仰体系，它们在自己生存的土地上同样有影响力。以萨摩亚为例，它是太平洋中部的一个小国，自信、独立。在这块土地上，大部分人口同源，已经生活了三千多年。萨摩亚人有一套令人印象深刻的根深蒂固的强大价值观和信仰体系。传统治疗师居于中心地位，西方医疗在当地的影响和触及仍然有限，原因是，当地人不易获得初级医疗保健，医疗系统不发达，且本地的自身能力有限。

蒂娜（Tina）17岁生下第一个孩子，母乳喂养。婴儿2周大时，蒂娜得了轻微的乳腺感染，当地的治疗师用草药为她做了治疗。蒂娜的乳房很快好转，但是她的病并未根除。随后的6周里，她日益感到疲劳，出汗、背痛、反复发烧。期间，她咨询了其他3位治疗师，每两周见一次传统的按摩治疗师。

一天清晨，她痛醒过来，脚上的皮肤泛青发黑，于是接受了更多的传统药物和按摩来治疗脚痛。又过了2周，她站在了死神的门口，被送进了医院。蒂娜昏昏沉沉，浑身高热，呼吸困难，心脏和肾脏有衰竭的迹象。

仔细检查后，发现她患有典型的细菌性心内膜炎，心脏瓣膜遭细菌重度感染。症状有：杵状指，手指畸形，指尖呈鼓槌末端状；甲床出血，指甲下面出现微小凝血块；眼球结膜下小量出血；最明显的是，她那条冰冷发黑的腿显然已成坏疽。做心脏听诊时，能听到震耳的杂音，符合二尖瓣渗漏特点。

心脏超声波检查证实了这个问题，并识别出10毫米的巨大感染凝血块，附着在二尖瓣后叶。可以看到，凝血块随蒂娜的心跳前后摆动，而且每一次跳动都增加着感染碎片脱落、飞离的概率。有些碎片已移动沉积到她的指甲下和眼睛里，比较大的一块阻断了她腿部的血流。超声波还显示，蒂娜的心脏瓣膜已异常增厚，原因是尚未确诊的风湿性心脏病。这解释了为什么起初只是很小的感染，结果病得如此严重，这真是一场灾难。如果尽早被诊断出，每月注射青霉素来治疗（这种治疗能使很多像她一样的人脱离危险），她现在就能好好地在家和孩子在一起。但是现在，她需要做膝盖以上截肢手术。如果能过了这道坎，还要做手术更换二尖瓣，只有这样才能挽救她的生命。

这已成为不可能实现的目标了。第二天，她的左腿被截去，同时被安排好4小时后在奥克兰的一家医院里接受手术，但她二尖瓣上巨大凝血块的碎片自行脱落了。随着心脏节律，碎片穿过左心室、主动脉瓣，进入主动脉，就像小熊维尼扔进河里的棍子，随着血流进入颈动脉，然后到达左侧大脑中动脉后被卡住，严重阻碍了血液流向整个大脑左半球。一截类似的"棍子"选择了另一条路径，进入左侧椎动脉，阻断小脑后下动脉，使大脑后部的很大一部分停工。这些事情就这么发生了，没有大的动静，没有明显的信号。结果就是她躺在ICU，没有苏醒，虽然在疼痛刺激下，她的左手和左脚有异常移动，但身体右侧对此没有任何运动反应。

那天上午晚些时候，我们给她的大脑做了扫描，看到了黑色区域，那里血管堵塞，发生了脑梗死，或称中风。中风常造成局部神经功能缺失，引发痉挛性麻痹或部分肢体无力，通常是单侧手臂和腿无力或瘫痪，如果大脑大部分区域丧失血液供应并伴有肿胀，这些灾难会带来损伤，引起意识丧失，再希望恢复就不现实了。不幸的是，这就是蒂娜的状况，所以那天晚些时候，我们取下了她的呼吸机，几小时后，在家人的陪伴下，她走了。

年轻的蒂娜，如果早点诊断出风湿热，她就不会失去生命。假如传统治疗师和现代医学从业者能彼此更加尊重，蒂娜就会更早去医院治疗，就不会死。挽救蒂娜年轻的生命完全可能，但一切就是这个样子，所以这个可能也就没有发生。很遗憾，在那个地方，有着许许多多的蒂娜，在这些基本问题得到解决之前，将会有更多人的命运和她一样。

虽然世界上资源丰富的国家有成熟的健康卫生系统，但像上述那样坚定地守护着自己的信仰的地方也有很多。几年前，猪流感病毒疫情暴发，全球大部分地区遭受影响，极度恐慌，除了症状控制和器官支持，没有特别的治疗方法。历史学家和该领域的专家仍然记得1919年的流感带来的毁灭性后果——估计全世界范围内，死亡人口在5 000万到1亿之间，其中包括1/4的萨摩亚人，这是当时新西兰政府的耻辱。

年轻人、老年人、孕妇似乎最经受不住这种最新变异流感病毒的攻击，但很显然，其他群体也有很多人生病了。其中有一位来自怀卡托（Waikato）的农民，病情危重，最后只能用体外膜式氧合器（Extra Corporeal Membrane Oxygen Machine）来代替他日渐衰竭的肺脏功能，用血液透析来应对肾衰竭。相信我，没人比他更严重了。最终，艾伦（Alan）活了下来，对某些人来说，这要感谢上帝创造的奇迹，但在另外一些人看来，这都是因为杰出的医疗照护，还有一些人认为，这全要归因于他接受了大剂量的维生素C（VC）静脉注射，这是应他的家人要求做的。对于VC推广游说群体，他的案例成了轰动事件，是的，有一个叫《60分钟》（60 Minutes）的纪录片，他是里面的主人公。这段视频可以在视频网站 YouTube 上找到，VC 服用支持者还为其配了一段介绍，如下：

> 正在治疗奥克兰农民艾伦·史密斯 (Alan Smith) 的医生决定，是时候撤掉他的生命支持设备了，他家人的及时干预和维生素 C 救了他的命。

在网上简单搜索一下 VC，结果会显示，有一个相关基金会，成立的目的在于宣传 VC 在所有事情上的疗效，包括且不限于治疗癌症、成为一切已知毒素的解毒剂。另一家同样的基金会则贬低传统疗法在很多危及生命的疾病上的使用，他们深信，只用 VC 就能确保治愈。艾伦病例被公开宣传后，我们 ICU 中的其他猪流感病人家属开始要求同样的治疗，这也就不足为奇了。全国各地的医务人员，在他们的同行群体"重症监护医学院"的支持下，坚决拒绝。结果，双方拉开战线，上阵交战。

我也出现在那个《60 分钟》纪录片中，我怀疑在某些人眼里，我被描绘成了恶魔般的异教徒，因为我公然对艾伦服用 VC 与其最终康复之间的因果关系持怀疑态度。在医学上，我们几乎没有灵丹妙药，我完全不能接受那种神奇疗法的观点。对于 VC 游说集团来说，他们不能相信我居然不信这些。他们中的一些人甚至说，像我这样的西方医学支持者正在兜售谎言和腐朽。

我知道得很清楚，现代医学并没有把持一个垄断性的绝对真理，也解释不了我们日常生活中见证的诸多谜团，虽然在我的职业领域中，有些人可能会装作能解释。或许一定程度上是因为这一点，加上很多现代医学从业者常常以居高临下的态度对待患者，使得大量社会人士开始相信并利用各种替代和补充疗法。

事实上，如果患者家属问我是否能将补充药物带进 ICU，只要我认为那不会对病人造成伤害，通常会同意，因为我对"有益"这个概念的定义相当宽泛。对于大多数这种补充治疗，尽管几乎没有证据表明其有改善作用，但如果这能让家属感觉到他们在为自己所爱的人的治疗而积极努力，同时提高他们对我及我的团队的治疗工作的信任感，那么，我能看到使用这些药物的益处。

然而对于 VC，事实并非如此。对于危重病人，静脉注射大剂量 VC 会有一些潜在的危害，我拒绝使用它的主要原因是 VC 游说集团对艾伦·史密斯案例的反应——他们将所有的疗效，甚至于他生命被挽救的结果，都只归功于 VC。其后他们利用这个案例，大力鼓吹 VC 是一种通用的包治百病的药物，显然这没有可靠根据。

表面上看，它的支持者似乎非常类似 19 世纪初的"万灵油"销售人员，他们向处于绝望的人们兜售，承诺虚假的希望，正是这种行为让我无法接受。我们尽全力帮助危重病人时，或许一些传统的补充疗法有一席之地，但彻头彻尾的不诚实是没有存在空间的。

不管你相信什么，我们拥抱医疗改革带来的最新（也是最受欢迎的）变化，改革涉及人、知识、协同设计、道德伦理、尊重意识，所以，这些争执毫无帮助，应该克服。

不管是否愿意，现代医学将被迫达到一定的成熟阶段：能够承认自己无法回答所有问题，而且永远不可能做到这一点。我们越来越多地看到，医疗保健专业人士、各种组织、整个健康卫生系统，在没有很好理解其存在价值时，对那些缠住人们不放的治疗方法鲜有兴趣。他们也积极寻求与社区合作，重新设计那些始终应该造福于人们的服务。利用团队内部的资源和力量，通过组织和社会服务，为个人、家庭、社区提供有意义的结果，这样就有望彻底改变这个等式，使 1 加 1 可能等于 5 或 10，而绝不只是 2。

新西兰的酒精和其他毒品治疗法庭（Alcohol and Other Drug Treatment Courts，AODTC）就是这种转变思维并付诸行动的例子。它最初由一小群法官组成，包括我的妻子艾玛（Ema），处理因毒品、酒精成瘾而激发的累次犯罪行为，这是一个跨多种服务类合作的典范，这种合作日趋必要，用以解决我们长期挣扎其间的各种现实生活问题。

基于美国模式，并在毒品法庭专家国家协会（National Association of Drug Court Professionals，NADCP）的支持下，AODTC 拥有了一个为成功打下基础的证据库，令人叹为观止。

在新西兰，80% 以上的违法犯罪都源于酒精或毒品的影响，每年用于监禁的成本接近 10 万新西兰元。有相当数量的罪犯出狱后因种种原因再次犯罪，比如毒品和酒精依赖，与有挑战性的社会环境背景对立等。

我们传统的惩罚违法犯罪者的方法是罚款和监禁，但你惩罚不了上瘾。这种看似荒唐的想法现在已经被接受，并且一种以其他法律体系下的成功模式为基础的新方法，正在新西兰的奥克兰和怀塔克雷（Waitakere）地区法院试行。

试运行方案期限为5年，主要针对高风险、高需求的违法者，目前试运行期已过半，一开始的成果就令人印象深刻。据2013年7月的报道，2年内，在上法庭之前，这群犯法者犯下900项罪行，而上法庭后12个月里，这一数字降至仅为11。

法庭参与者名单由律师和法官提交，能够被法庭接受的依据包括：对违法犯罪行为承担责任，对犯罪指控认罪，做出遵守法庭规则的承诺约定。

在法官的引领下，对违法者的干预由多领域专业人士合作完成。团队构成包括法官、案件管理者、法庭协调人、毛利人文化顾问、辩护律师、检察官、同事支持人员。案件管理人员与其他人员一起确定适当的处理方式，并与各方保持密切联系。

辩护律师和控方律师不再是通常的抗辩角色，他们和团队其他成员有着共同的工作目标：让违法犯罪者持续接受治疗，不吸毒，不饮酒；确保他们解决其他重大恢复问题，不再度犯罪；让他们拿到驾照，找到工作，从根本上重建有成效的生活。

每个开庭日，所有AODTC团队成员在封闭法庭上集合，对每一位参与者的各种问题进行检查讨论，当然，晚些时候会在公开法庭上看到他们。虽然是公开法庭，但出庭方式与司法体系中的其他法庭截然不同，其特点是：亲切友好，注重个体，极具挑战性，格外令人感动。

在新西兰，提供监禁的替代方法的目的之一，是解决监禁人口中毛利人总量占比太高的问题，因此AODTC的参与者中，毛利人超过半数。此外，法庭似乎在发展自己的文化习俗，在毛利人文化顾问的作用下，已经有了很大的提高。这可以从法庭开庭、休庭，及结束仪式上看到。

这种文化习俗可描述为毛利文化中规范日常生活及互动的一般行为准则，常基于代代相传下来的经验和学问，以及毛利人世界观中的逻辑和常识。

这些加强以文化习俗为基础的实践的原则，是针对个体的，并且与来自所有文化的人都有关联，因此，也就适用于AODTC的所有参与者。

法庭干预的结果是，参与者能够创建和保持自己有意义且有益于社会的生活，也能够重新发现简单的幸福和快乐，并享受其间，这些幸福快乐来自普通的生活经验，而不需要酒精或毒品的介入。

酒精、毒品成瘾是一种慢性病，AODTC所采取的或许是我知道的最有效的处理慢性病的方法。可是多么具有讽刺意味啊，这一方法来自司法系统而不是健康卫生系统。这是成功的一面，同时也是我们需要用来了解现实的一面镜子，促使我们一步步去帮助患有其他慢性病的人，让他们能够自救。

第六章

死里逃生

生死一线间

盆腔动脉 (the Pelvic Arteries)

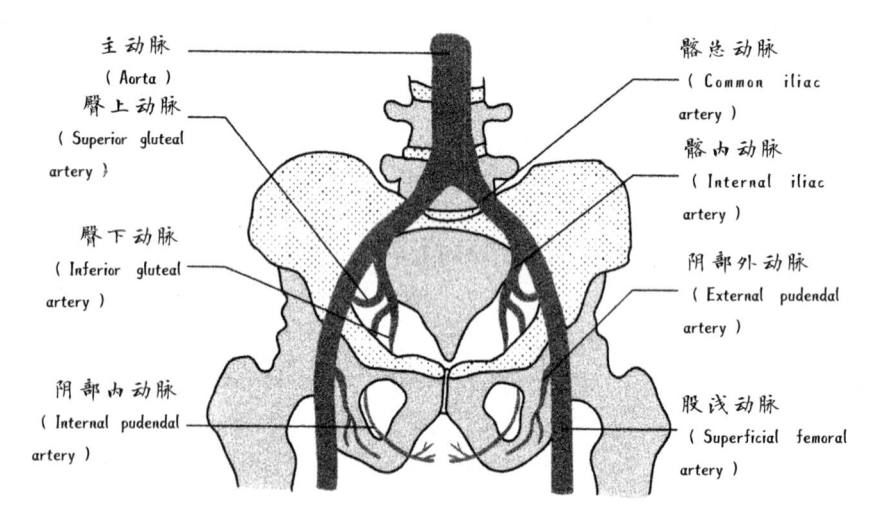

- 主动脉 (Aorta)
- 臀上动脉 (Superior gluteal artery)
- 臀下动脉 (Inferior gluteal artery)
- 阴部内动脉 (Internal pudendal artery)
- 髂总动脉 (Common iliac artery)
- 髂内动脉 (Internal iliac artery)
- 阴部外动脉 (External pudendal artery)
- 股浅动脉 (Superficial femoral artery)

我的孩子和新朋友看到的是此时此地的我，而老朋友，尤其是认识多年的挚友，会以不同的视角来看待我。他们眼里的"我"不只有那个已经长大的中年男人，还包括承载我们友谊的时光中的那些我。幼年时期，那个小胖孩儿总是饥肠辘辘，时常向邻居讨要更多的食物；后来，一位年轻的天才网球运动员，在惠灵顿中央公园或伦敦怀特城的草地网球场上，来一个滑步反手低位截击；或是在第一次重要的橄榄球赛中首次出场的那个15号全卫，拦截下了塔瓦（Tawa）队想触地得分的强悍队员；还有在惠灵顿大学，那个局促不安的第一次出场的11号板球运动员，被看台上威利·辛普森（Willy Simpson）的父亲穿的一双氧化铁色袜子分了神；以及在与北帕默斯顿男子中学生死攸关的年度比赛中，因为一只鸭子而被迫出局的那个我。是啊，这些正是我希望被记住的。

这些只是生命中很少一部分让我难以忘怀的时刻。当然还有其他很多，它们都交织着难以言表的复杂情况，好运，厄运，以及无论事情怎样发展，一切都已注定的命运。比如事先你并不知道，会有个机会，与陌生人在医学院咖啡厅见面，然后谈起一个女孩，而现在，我和这个女孩已经在一起34年；和公交车司机吉姆谈话，很多年后，现在的我，成了医生；我表弟丹尼斯（Denis），一个年轻人，自己没有任何过错，只是出现在错误的地方、错误的时间，顷刻之间，就永远消失了，那是1978年。生活中的这些意想不到填满了我的人生，好的，坏的，似乎都是随机的，让我既好奇又担心，它们是怎么发生的，如果根本不曾发生，那又会是什么样子。

然而更多时候，我们的选择决定了结果。为什么有时做的那些选择是正确的，有时却相反。作为一名重症监护医生，每天要做数百个决定，其中很多既正确又合理，而且都基于毫不含糊的知识体系和强有力的依据。但是，许多决定来自另一个地方，基于一种从经验中获得的隐性知识，它们可能永远都无法被证明，无法变成依据。这些决定几乎总是因直觉因素而被强化，这是一种第六感，或者说，本能地觉得这是该做的正确的事情。

在事情最危急的时候，必须立即采取行动，通常没有明确的知识指导我，在那个特别时刻，也没有被分享的可以完全信赖的隐性知识。相反，就在那时，我会有一种强烈的感觉，知道自己该做什么。这种直觉或第六感以我能感觉到且几乎能体验的方式表现出来。我能识别这种感觉的出现，信任它，从而无视危险，勇往直前。

卡洛斯（Carlos）住在城市西郊的一幢房子里，那里看上去很现代，是地中海建筑风格，后院有一个很棒的游泳池。周围都是类似的房屋，以大面积花园和宽敞的街道为分隔，共享同一片辽阔的天空。即使在宁静的日子里,你也能闻到山下只有几百米远处的海的味道。

卡洛斯50岁,结婚很久了,有4个孩子和1只狗。他出生在遥远的地方,独自一人到这里来探险、寻宝,在各方面都取得了成功。刚到不久后,他在一家建筑公司找到了工作,凭借坚定的信心和不懈的努力,先是升为工长,继而是经理,最后,成了公司所有者。卡洛斯喜爱游泳和骑自行车,一直是个相当健康的家伙,相比看电视、喝啤酒,他更爱好体育运动。孩子们说他有强迫症(Obsessive-Compulsive Disorder,OCD),或许他有吧,将潜在的破坏性倾向升华,使一切更能为社会所接受,正如对待他的工作和健康那样。

像很多骑自行车的人一样,他有着平滑而健壮的小腿肌肉,刚好匹配他光滑的脑袋和温和的脾气。他的生意经营得不错,像钟表一样准确而有规律,以最佳方式关注每个细节。员工都很爱戴他,说他有一颗金子般的宽仁之心。

他的妻子桑迪(Sandy)什么事都依赖他。她既聪明又能干,但决定权在卡洛斯手中,家中的活动很大程度上是围绕着他进行的。请不要理解错了,这只是一种方式,很有效,他们的家里充满快乐。但是,一个阳光和煦的周五傍晚,一切都改变了。

那天,我作为重症监护专家在医院值班。时间过得非常慢,我正在考虑回家,把事情留给接待登记人员,这时,我的电话响了,是一个关于外伤的电话,要我待在急诊科。

现实世界的某个地方,就是现在,在马路上,在屋子里,正经历着灾祸。有人陷入了真正的麻烦,面临死亡的威胁。救护车呼啸而来，心急如焚的亲戚、旁观者沉浸在眼泪与悲痛中。可能是车祸现场，已经有人死亡，路面上散落着碎玻璃和私人随身物品。也可能是一个孩子横穿过机动车道。不论哪种场景，不论是否有混乱或直接的危险，医护人员都会愿意赶去救援。沉着冷静、训练有素、充满自信，他们会根据检查结果快速评估，如果需要就寻求帮助，让局面稳定下来。与此同时，根据病情性质及最近医院的位置，他们会用熟练的方法尽可能稳住病人的病情，可能会用铲式担架抬起病人跑向救护车，上车后立即驶离。对于所有伤势或病情严重、危及生命的病例，他们都会打电话预警，告诉医院他们在赶来的路上。然后这些情况会转给相应的医务人员，他们在急诊科或救护站集合，等救护车到达后，边听情况描述，边抢救患者。

这一次，111急救电话来自市区南部的一条乡村马路，位于果园与马场之间。现场相对有序，几辆车泊在路边，一辆大型SUV以某个角度停着，阻断了交通。只是除此之外，还有一位穿着紧身莱卡运动服的男士不省人事，一圈司机围着他，撞坏的自行车落在10米开外的沟里。

意识到情况的严重性后，医护人员迅速给这个男人罩上氧气罩，用颈部支具固定住他的脖子，小心地在他身体下面放入铲式担架，抬进救护车，给最近的创伤医院打电话预警并加速前往。

虽然平时演练过这样的场景，应对已熟练起来，但这种情况还是让人紧张。等待救护车到来的时间里，我们聚集在一间急救室里做相应准备——一个伤势严重的自行车手，意识丧失，很可能因失血而休克，生命垂危。

我被任命为组长来监督当前处理过程。一位急诊科医生和一位高级护士将评估和处理患者的气道和呼吸状况。一位外科医生、另一位急诊科医生、一位护士被分派来评估和处理病人的循环系统，插入两根大口径静脉滴注管用于液体复苏，并根据需要负责所有给药。最后，一位高级护士被分派为记录员，在我们工作时记录我们所做的一切。

看到救护车之前，我们就听到它来了，警报声一路高声鸣叫着进入救护站。抵达时，患者呼吸着标准面罩输送的氧气。把他转移到急救室手推车上时，一位护理人员和我们做了交接。

患者男性，50 岁左右，身份仍然不明。一个下班回家的女人发现他躺在路上，立即帮他拨打了 111，几分钟后，救护车赶到。他失去知觉，右眼上方有很大的裂伤，瞳孔扩散，无光反射，这不意外。能呼吸，但很急促，脉搏细如游丝，血压低到我们甚至测量不出。身上有多处擦伤，小伤口到处都是，有几处皮肤缺损，是在路面上翻滚造成的。

后来，另一位目击者出来描述了更详细的事件过程。患者在路上骑自行车，一辆带拖挂装置的卡车以每小时约 80～100 公里的速度超越了他。目击者看到，拖车的左稳定杆没有固定牢，就是它将患者从后面击中，横扫到他的后背下部，使其弹向空中，然后摔落路面。卡车没有停，在第一个路人到达时车已开远了。

很明显，一开始他就濒临死亡，最大的可能是内出血。他处于深度昏迷，那个不变的散开的右瞳孔提示存在严重的、通常是致命的潜在脑损伤。他几乎没有呼吸，尽管肺部有优质氧气进入。虽然监视器显示他有每分钟 170 跳的脉搏，但我们实际上感觉不到。他的身体冷若冰块。

我们迅速插管，接管他的呼吸。做这个的时候，我看到他的左臂动了动，几乎察觉不到，如果像瞳孔症状提示的那样有严重的脑损伤，他的手臂不可能这样动。我的同事建立了好几条静脉通道，用于输血、输液，以迅速扭转他的失血状态。

像这种情况，血液没几个地方可去：地板上，但没有导致如此严重休克的汹涌外出血；骨折的四肢中，可是四肢并没有骨折；胸腔里，但是那里也没有出血迹象，我们听了他的呼吸声，X胸片也很清晰；腹腔中，这里真的有可能，但是那个年代还没有便携式超声波技术来排除这种可能性，所以我们保持怀疑；造成这种程度出血的最后一种损伤是严重骨盆骨折，出血进入后腹壁（posterior abdominal wall）或腹膜后腔的组织中。应该是这个地方了，因为很明显，他的骨盆完全破碎了。我们快速用床单把他裹起来，固定他的骨盆，请介入放射科医生来帮忙，然后跑着送他去手术室。我的计划是在等待介入放射科医生施展魔法止住盆腔出血的时候，请外科医生打开他的腹腔，处理任何可能的其他出血情况，或告诉我们并没有血液流进腹部，让我们安心。

病人被送到急诊科25分钟后，我们已经在手术室了。当值外科医生并没有太高的热情，他认为这个男人活不下来，并为此列举了各种原因——无变化而散大的瞳孔、休克程度、持续出血的速度。他相信死亡不可避免，建议不要手术，让患者舒适地离去就好。我迅速反驳了他的观点——瞳孔异常很可能是眼睛直接受伤的结果，而不是大脑。患者年轻，看上去很健康。我有种强烈的直觉，我们应该抓紧抢救。

在这样的紧急情况下，医生会遵循一组指导原则，快速评估和处理危及生命的状况。它被称为 ABCD 方法，涉及气道（Airway）、呼吸（Breathing）、循环（Circulation）、残疾或意识水平（Disability or level of consciousness）。在有创伤的情况下，我们称之为初级调查，旨在应对患者面临的直接生命威胁。一旦处理完成，将开始次级调查，从头到脚给病人做全面检查，然后是一系列适当的调查：血液检测、X 光透视、CT 扫描。对于这个病例，我们卡在 C 步（循环），需要尽快止血。

外科医生打开腹腔后，情况明了，没有腹腔内出血，但是，正如我们怀疑的，疯狂的出血正在涌入腹膜后腔。就在我们眼前，能看到那里的组织膨胀、冒气泡，我从未见过这样的景象。如果有什么看上去是"致命的"，那就是这种情况了。盆腔出血可以像水库决堤——血液像瀑布一样喷涌而出。承担着血液往返身体下半部的输送任务的大动脉和静脉遭骨盆骨侧面剪切损伤波及，它们被切断后，血液流空血管、注入组织的速度和日常流经组织的速度一样快。

只有很少几种方法能治疗这种创伤。当然，作为急救措施，用床单固定骨盆是有帮助的，但一旦进了医院，这样的大出血最好由我们的放射科同事来终止，有时还需要矫形外科医生使用骨盆外固定支架来帮忙。

放射科医生运用 X 光技术，引导小导管进入身体深处的远端血管，然后注入射线不透性医用染剂以识别出血点。一旦确认位置，他们会注射少量吸收性明胶海绵（Gelfoam）和线卷到那些血管里，从而有效止血。这听上去很粗糙，的确；似乎也很简单，其实不然。谁说童年时花在 Xbox 游戏机上的时间都是浪费？正是那些技能，用来引导这些细导管沿着血管行进，绕过狭窄的拐角，到达目的地，外科医生的手永远无法抵达这些地方，如果硬来，会得不偿失。

很显然，我们这位神秘男人的失血速度快于我们的输血速度，他的血压依旧很低，很危险。长时间低血压的综合效应，以及大出血且血液持续流入腹膜后腔，会直接摧毁肾脏生成尿液所需的正常压力梯度，造成肾衰竭。这并不令人意外，但越发体现出时间至关重要。失血越多，需要的输血量就越多。如果只是"替换"这么简单就好了，但事实上并非如此。这种丧失和替换过程有其自身的后果。

所有这些都在我的脑海中盘旋，我让外科医生钳住主动脉，就在它分出左右髂总动脉上面一点的地方。我希望在等待放射科医生的短时间内，这样做或许能阻止失血。仿佛等待了一个世纪，其实没超过 20 分钟。我们大量注入血液、血小板、凝血因子，补充钙，让去甲肾上腺素通过颈内的长导管流入，同时将血样送去实验室检验，结果告诉我们，一切都看起来越来越糟糕，所以在心里，我们做了最坏的打算。

看到放射科医生到达，我如释重负并极为激动。是我的朋友罗尚（Rowshan），他在伊朗长大，经历过非常时期，在他的专业领域内绝对是位大师。

他工作的时候，我一直盯着监视器，尤其是心电图。如果这种出血止不住，任何病人都会死，持续替换的血液永远不够。像这样的大量失血会带来很多代谢问题，因为组织缺乏灌注，且需要一直输入化合物,尤其是肾脏衰竭,无法排出钾和酸,导致其负荷上升。随着钾离子浓度的升高,肌肉会丧失有效收缩能力,而这里最能体现肌肉重要性的就是心脏了。高钾会改变正常、狭窄、复杂的心电图波形,使其不断增宽,像个醉汉,动作越来越慢,语无伦次,最终会停下来。

罗尚做得很好,一次止住一根血管的出血。我的团队把我们能替换的体内循环都替换了,同时处理所有的并发症。尽管一切工作都很出色,但随着时间流逝,他的血液循环还是变得更加异常了。但不同寻常的是,这名男子的心电图,坚定地、清晰地、可靠地显示出来,横穿显示屏,一屏接着一屏,一声接着一声。

这里正发生着一些非同一般的事情,始于急诊科,随着他手的微跳,继续在手术室进行。我以前遇到过出血情况,出血量比这一例少得多,或是还不到一半,但每一例结局都很糟糕。这里却没有这样的迹象,这个男人,不管他是谁,一定是由钢铁铸就。

随后的几个小时里,我们尽自己所能来控制他越来越不正常的新陈代谢,注射碳酸氢盐以平衡血液中积累的酸,静脉注射钙、葡萄糖和胰岛素降低血钾浓度。我还没意识到,时间已经从傍晚转入深夜,突然就到了周六凌晨 1 点。

现在大部分出血已被控制住,我们准备穿过走廊,把病人移入 ICU。那之前,我们已经给他输入了 65 个单位的血液制品和 30 多升其他液体,超过他体内正常血液总量的 10 倍。输入量可谓巨大,不过大部分液体都去了腹膜后腔的组织里。真不可思议,他还活着。

我们的神秘人仍然接着呼吸机,我希望他沉睡不醒是因为我

第六章 死里逃生

们给了他镇静药，而不是严重大脑损伤造成的意识丧失。我所知道的是，他的身体太不稳定了，我们不能因为要千方百计查明情况而移动他、送他去扫描。一如前面的状况，我们仍然只能完成一部分严重创伤评估管理指南，而且仍然卡在 C 步（循环）。

我们关注的焦点就是让他一直活着。现在，他有多条静脉通道，左、右颈内静脉都插着大口径静脉内导管，用于输液、给药、透析；一条插入腕部桡动脉的动脉通道；右股动脉中有大口径插管，通过它，罗尚可以熟练地定向他的导管；插入胃中用于引流的鼻胃管；当然，呼吸管还接着一台价值 6.5 万美元的呼吸机；还有导尿管，可惜尿袋里空空如也。

尽管有些血液检查结果良好，但他的肾脏已经衰竭，所以急需清除血液中的垃圾。我们小心翼翼地给他接上透析机，同时用小剂量肾上腺素升高血压。

那是一个离奇的夜晚，我确信有些不寻常的、神秘的事情正在发生。我精疲力竭但又精神抖擞，还异常地欢欣鼓舞！我在 ICU 里走了一圈，查看了其他病人的情况，然后去外面散步。那也是一个美丽的夜晚。如果是过去，我应该会跳过篱笆，跑去医院的游泳池，不过那已是很久以前的事情了。我很饿，可是能吃到的只有一排自动售卖机里的垃圾食品，这些机器训练有素，吞进钱，吐出维持生命的东西。靠上一把舒适的椅子，把脚搁在走廊扶手上，眺望夜空，这是我愿意做的，但是没有地方可以这样做。坐在办公室里，看向窗外甚至是不可能做到的事情，因为没有带窗户的办公室供我使用。多么不可思议啊，我想，这本是个治愈人的地方，但很多方面是那么糟糕。

不过这儿还是有可取之处的：比白天更让人感到不安的医院夜晚，是想象力蓬勃生长的良好时机。就像南部的高速公路，在同样死寂的夜晚，有一条又一条长长的空荡荡的道路。唯一的生命迹象是，碰巧出现戴着牛仔帽的清洁工驾驶着地板磨光机，我们隆隆作响的路面作业机器就像圣诞树一样亮着。

伟大的丹麦哲学家索伦·克尔凯郭尔（Soren Kierkegaard）说："只有回顾方能理解生命，但要生活必须一路向前。"黎明前的黑暗里，萦绕于心头的记忆涌回你的脑海。玛玛（Mama），那个来自艾图塔基岛（Aitutaki）的13岁女孩一定得死吗？我们不能做得更多吗？肯·梅奥（Ken Mayo）博士，照片挂在放射科门口的墙壁上，50岁去世。他的衬衫和雅致领带上方那张饱经风霜的脸，永远铭刻在我的心中。我从来不想这样结束，独自一人，在工作中死去。我过去常担心，有一天，我也会靠ICU墙上的一幅照片被人们记住，不过随着时光渐渐流逝，我对在那样的年纪那样走到终点的焦虑也慢慢平复了。

我走过关着的自助餐厅门口，想起曾经组织过的一场音乐会，请了歌手蒂姆·芬恩（Tim Finn）给一群烧伤患者表演。患者里既有小孩，也有成人。场地简陋，天花板低矮且坑坑洼洼。那是6月25日，蒂姆的生日，最后，所有病人和工作人员一起为他唱了"生日快乐"歌，作为对他善意的回报。他说那是他得到的最好的礼物，我们都差点哭了。

朝着冠心病监护室（Coronary Care Unit，CCU）的方向，我漫无目的地走着。这个地方在加尔布雷斯（Galbraith）区的二楼，正对米德摩尔火车站，与ICU之间有着很好的奔跑路线。

第六章 死里逃生　123

我已经记不清，为了抢救心脏过早停跳的病人，我从医院这头到那头做过多少次长距离冲刺——我总是担心，他们的心脏可能在大脑确实遭受损害很久后才重新跳动起来。跑到的时候我常常气喘吁吁，怀疑自己是不是下一个冠心病发作者。喘口气后，我会按照高级心脏生命支持（Advanced Cardiac Life Support，ACLS）指南做电击，把那个笨蛋器官打回其正常的窦性节律。

每个病例结束时，不论结果如何，我们都会做一个非正式的总结，伴着一杯茶，一块姜汁饼干（护士站总放着这种饼干，装在罐子里）。回想起来，那是些特别时刻：评议我们的表现，建立新关系，再次确认旧关系。

漫步时，我想起了20世纪90年代初的某一天，那天我们抢救一个很年轻的男子，经过漫长却失败的尝试之后，我们发现饼干罐是空的，茶也没有了。没有总结，我们拖着沉重的步伐，闷闷不乐地回到休息室。不久之后，脆饼、奶酪、果酱都从茶水间里消失了，随之而去的是我们被其吸引而产生的不言而喻、轻松、悠闲的欢乐气氛。

表面上看，这样做是解决了一个问题，但1991年新西兰预算出台后不久，专家团队成员间似乎没什么时间或空间做那种简单的互动了。"以少生多"是那时的哲学。建筑变得简陋，空间狭窄，户外活动和自然光不被重视，现在也一样。这样的环境无益于学习、建立、持续工作关系。我尽力避免去这些地方，一有可能就远离。

那些"灾难"降临后不久，医院游泳池，这个和ICU的混乱、戏剧性及你能想象到的病房距离最近的小世界，关闭了。不到一星期，它就被混凝土填平了。当他们想要做的时候，当然可以很有效率！

最后，我回到ICU，已经快凌晨4点了，我在那里碰到了桑迪和她的一些家人。她共同生活了30年的丈夫骑车未归，她焦急起来，开始寻找，最后给米德摩尔医院打了电话。他们告诉她，我们医院有个病人符合描述，这让她心烦意乱。不清楚是不是她丈夫，于是她告诉我一些丈夫的事情，让我辨认。我把神秘男人脖子上戴着的挂饰给她后，她放声大哭。过了一会儿，我们进去看了他，然后回到另一个房间单独谈话。

不大一会儿，我对这个拒绝死亡的男人有了更多的了解。他是个有家室的人，有4个孩子，成功经营着一家小公司。年轻时曾参加英国军队的伞兵团，此后一直酷爱健身。昨天，他出去训练，为今年晚些时候的铁人三项赛做准备。桑迪说他精力充沛、意志坚定、勇于担当，只要需要，总是能专注于面前的任务。她描述的时候，我能感觉到自己在点头表示同意，就像是我本来就和她一样了解他一样。

返回ICU，我现在认识的卡洛斯仍然非常稳定，但是清晨5点，他的脉搏频率逐步攀升，血压则开始下降，他又开始出血了。罗尚回来了，这次，在便携式X光机的帮助下，他把导管滑回股动脉的插管中，细心地寻找到出血血管，再次一根根地搞定它们。结束时，太阳已经升起，我们又耗尽了30个单位的血液制品。

在病情稳定下来之前，卡洛斯需要做更长时间的透析，周六上午10点，我们终于把他送去CT室，以完成对他伤势的评估。正如我所想的，没有脑损伤，胸部清晰，腹腔内器官无损伤，腰椎有几处骨折但椎骨移位不多，骨盆完全毁坏了，从下背部到双侧大腿有严重软组织肿胀。

在这个阶段，他的两条小腿也变得僵硬和肿胀，双脚冰凉、无脉搏。我们把这叫作筋膜间室综合征（Compartment Syndrome），是众多因素导致的结果，使血液无法流向肢体肌肉和组织。对于卡洛斯，最有可能的原因有：盆腔中的血管被扰乱，维持生命所需的大量输血、输液，以及背部和大腿组织中的血液压力。辨认出病症后，我们的外科医生迅速切开他小腿的皮肤和筋膜，降低那些肌肉间隔的压力，从而恢复血液供应。做完后，我终于回家睡觉了。

卡洛斯在ICU住了3个月。在此期间，他经历了一系列的综合征和几乎要了他的命的病情反复。多次重复感染后，他终于被放出ICU，转到普通病房，这个男人瘦得像一副骨架，面部伤痕累累，一只眼睛瞎了。他臀部的大部分肌肉都没了，这是第一天晚上介入治疗的副作用，为了止血。同样，骨盆内的剪切力作用使动脉和静脉破裂，那些破碎骨头周围软组织承受的巨大压力，也损毁了很多重要的腿部神经，所以，卡洛斯无法站立或行走。这些灾难性的身体创伤迫使他在医院待了好几个星期，然后又在脊髓科住了几个月，最后他终于出院回家了。

卡洛斯的人生轨迹永远改变了，但他说很感激我救了他一命。我们时不时碰面，一年至少共聚午餐一次，已经聚过很多回了。那段日子里，他和家人承受了如此多的艰辛。一开始，是对于他能否活下来而感到痛苦和绝望，然后是害怕，虽然他可能会挺过来，但会留下无望的残疾。这种情况下，对于家人来说，疑惑生和死哪种结果对他们心爱的人更好并不奇怪。同时，这些想法会带来可怕的不信任和歉疚感，这种感觉继续噬咬着我们的心，尤其是把存活与对生命的持续感激联系在一起，而不管其面临怎样的挑战的时候。

卡洛斯曾经是男子汉、家里的主心骨、强大的存在，当然，还是养家的顶梁柱。意外发生之后，他需要重新找回、定义自己，所有继续处理事故后果的家人一样需要这么做。对他而言，身心均遭损失——很明显，一只眼睛失明（不过幸亏我们有两只眼睛），还有机动能力受损。卡洛斯在轮椅上坐了好几个月，很多人说他再也不能走路了，但他做到了。起初借助于框形助行器——我83岁的母亲去世前用的那种——然后挂着双拐，拖着无力的双脚挪动。几个月后，在两根拐的帮助下，他能站起来且脚抬高走路了，又过了很长一段时间，只用一根拐来保持平衡就好。现在，15年过去了，他已经能独立行走，无须任何帮助。

真正的截瘫患者失去了脊髓连续性，目前没有现成的治疗方法能帮助其恢复行走能力，而卡洛斯的瘫痪有所不同，是因两边坐骨神经均遭挤压损伤造成。损伤原因，是血液流经带来的压力和骨盆骨的剪切运动共同作用于形成左右坐骨神经的神经根，压伤了它们。那些神经根由脊髓向两边发出，穿过骨盆中的"窗口"后连接起来，形成左右坐骨神经。像亚马逊河一样，坐骨神经是人体内最长最宽的单根神经，从腿的顶部延伸到脚背，负责我们大腿背侧大部分、小腿前侧与整只脚的感觉。如果没有它，大腿背侧肌肉、腿、脚就完全不会工作了。

卡洛斯说是我挽救了他的生命。我当然做了自己应该做的，但是他能有今天，跟很多人的努力分不开，尤其是他自己和家人。住院期间，他有很多次与死亡擦肩而过，有时看起来正在往好的方向发展，但只是一个并发症就被逆转回去。开始的时候，这些个别战斗是为了取得每一个单项的进步，比如能够自主呼吸，在没有药物的帮助下维持自己的血压，吸收我们经鼻胃管给他输送到胃里的液体食物，借助气管插管呼吸同时吞咽食物。每样事情都是挑战，每天、每时、每刻都有另一个高地需要攀爬。有些日子前进两步，有些时候却又后退三步。每一厘米的推进都来自努力和战斗，我们的尝试都在为卡洛斯铺平道路，桑迪也陪他坐着这趟地狱发出的过山车起起落落地翻转盘旋，她很明智，用日记记下了那些时光。

像卡洛斯这样的重症监护病人会有一系列可怕的濒死经历，这多由他们的事故或疾病造成，也会因一些使他们好转的事情而导致。几乎所有人都将反复做梦，包括噩梦，很多人会有创伤后应激障碍（Post-Traumatic Stress Disorder）的典型症状，不明原因、反复发作的恐慌、抑郁、恐惧、恼怒、悲伤、疼痛，以及一系列的闪回，不真实的记忆以相当真实的样子回归大脑并呈现出来。

在较近的年代，事实证明，患者日记是一种简单、无成本、强大的方法，可用来解释这些症状，并能阻止其中很多部分的发展。或许最重要的是，它们让处于困惑和混乱中的病人能把自己和现实联系起来，明白自己在重病时确实发生过这些事，从而更好地理解自己的感觉。一些研究表明，有些患者甚至有可能区分现实与想象，并确认这些记忆中是否有对实际发生事情的曲解。

桑迪明显超前于她的时代，认识到了这些事。

卡洛斯和我们在一起的时候，我问过几次能否阅读桑迪的日记。我想那会帮助我们更好地理解她和孩子所承受的一切，从而帮助我们在未来为她和其他人提供帮助。然而，她总是拒绝。我没有再问，因为我知道，这些日记是关于痛苦经历的非常私人的记录，就这一点而论，它和我没有关系。我想，不论里面记了什么，对她都是很有好处的。

很难相信有人能在遭受像卡洛斯一样的物理创伤后存活下来。他谈论了很多自己作为一个人的感想。最近，在一个阳光和煦的下午，卡洛斯、桑迪和我在"格瑞·林恩"（Grey Lynn）餐厅共享午餐。我们已经有一年多没见面了，所以有很多东西要补回来。那个下午妙极了，大家共同反思，促成进一步的和解。有一次，卡洛斯说，尽管他遇到很多困难，但永远不会希望时光倒流。他说现在的自己更加自在，比起没有出事的情况下他可能成为的那个人，现在的他更好。卡洛斯是个戴着一边镜片不透明的眼镜的家伙，但这不只是意味着他盲目乐观。他的满意来自筹划，而非运气。我觉得很开心，很高兴看到他们这样肩并肩在一起，并且在他们生命中的那一刻，我很荣幸能成为这段鼓舞人心的旅程中的一部分。

第七章

终极礼物

生命

大脑和脑干
(the Brain and the Brain Stem)

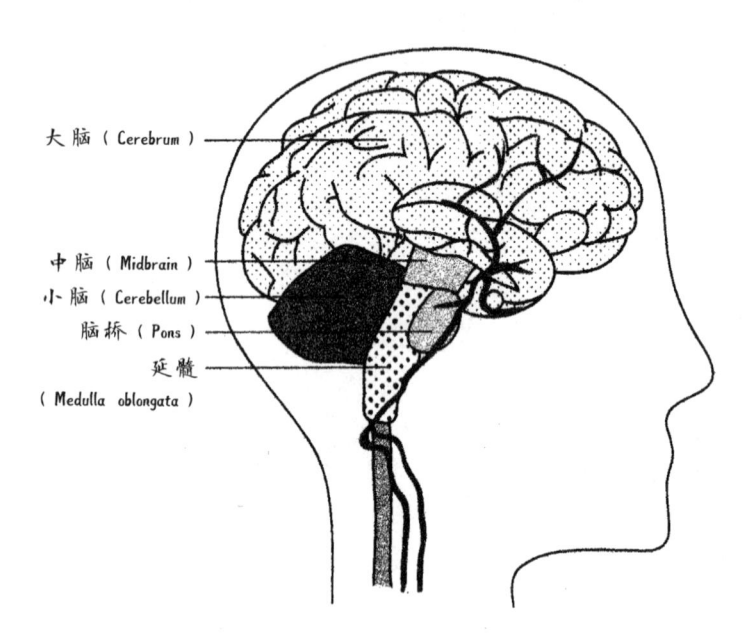

- 大脑 (Cerebrum)
- 中脑 (Midbrain)
- 小脑 (Cerebellum)
- 脑桥 (Pons)
- 延髓 (Medulla oblongata)

几年前的一个清晨，我驱车去医院看望一位好朋友和他的兄弟，他们都住在肾移植病房里。街上空无一人，医院走廊也一样空荡荡的。我们三人决定在病房里观看一场橄榄球比赛现场直播来庆祝手术成功，那是在南非约翰内斯堡（Johannesburg）的一场测试赛，新西兰全黑队（All Blacks）对阵南非国家队。

故事起自数月前，特雷弗（Trevor），我朋友的兄弟，出现在医院急诊科，濒临死亡。他身体不大好已经有一段时间，疲惫和嗜睡不断加重。那天下午早些时候，他因舌头上的白色病变看了口腔外科医生，寻求建议。医生认为可能是一种口腔癌，为其做了活检后就打发他走了。几分钟后，特雷弗的舌头开始出血，迅速变黑，肿到了两倍大。他们当时在车里，意识到危险后，他妻子风驰电掣般把车开到我们医院。到达急诊科时，特雷弗身陷困境，他的舌头肿得厉害，唯一的气道是他用手指下压舌头，使其离开口腔上腭而形成的，感谢这个狭小的空间。

他被立即转移去手术室，由专家来确保他的气道安全，挽救他的性命。手术室里有麻醉师、外科医生、护士。方法很简单：做纤维支气管镜清醒气管插管（Awake Fibre-Optic Intubation，AFOI）。如果这个方法失败，或特雷弗的气道过早被"侵占"，那么外科医生已经准备好了做紧急气管切开术。

特雷弗身上接了很多监视器，并做了静脉滴注及输血。麻醉师苏（Sue）将局部麻醉剂喷入他的鼻腔，助理准备好了小口径光纤支气管镜。这个设备很"聪明"，是一根窄管，末端有摄像头，先经鼻腔，穿过咽腔后部，然后绕过舌头后面的拐角，向喉部方向行进。纤支镜到位后，她又多喷了一些麻醉剂，让特雷弗停止呕吐和咳嗽，使这种不舒服的过程尽量能忍受。纤支镜足够小，可以在上面预先套好呼吸管。苏成功让纤支镜通过声带位置，进入气管顶端，然后呼吸管顺势推入，退出纤支镜，给特雷弗一个安全的气道。这听起来简单，其实不然。每次呼吸和咳嗽都会带动组织移动，摄像头视野所见也会晃动。幸运的是，这次一切都按计划进行，没有太多的困难。

特雷弗安全后，医生给他用了镇静剂，然后转入ICU，第二天我在那里见到了他。记得看到他的血压时，我大吃一惊。他血液中的肌酐水平超过1 000，它是肾脏功能的标志物，正常范围是60～100。尿素是60，这是通常由肾脏排出的废物，正常范围在4～8。他还贫血。我马上知道了，特雷弗是终末期肾衰竭，怪不得他舌头出血。尿素高到这种程度，我们的血小板就不工作了，它们正常情况下能防止出血。至于他舌头上的白色病变，那不是癌症，而是尿毒症表现出的舌炎，重度肾衰竭的另一个迹象。

我后来发现，特雷弗有多囊性肾病家族史，这是一种遗传病，由DNA突变所致，会一代代传下去。他的祖父、父亲、两个姐姐都死于此病。特雷弗对自己的病情很清楚,也知道其传播性质,虽然有肾内科医生对他的病情做跟踪,他的肾功能还是快速恶化了,而且这种诡异的并发症令所有人都出乎意料。

这种病的遗传模式被我们称为常染色体显性遗传,像俄罗斯轮盘赌一样,孩子会通过继承来自父母一方的基因突变而患病。因此,只要父母一方有常染色体显性突变,孩子就有50%的可能性继承这种异常基因。我的好朋友罗德(Rod),特雷弗的兄弟,幸免于难。

特雷弗的舌头很快消肿了,所以过了几天,我们拿掉了他的呼吸管,放他去治疗肾病。一周后,特雷弗回家了,不过这次,他的脖子上接了一根大口径透析导管,遵医嘱每周回医院三次。

与此同时,罗德正在制订自己的计划——捐献肾脏给他的兄弟,并且联系活体捐赠服务中心,开始了一系列详尽的调查,以确保在两人都安全的情况下实现移植。整个过程在那场凌晨测试赛前几天的手术中达到了高潮。

那天,我们在罗德住的病房里等待凌晨3点开场的橄榄球赛。电视机打开了,茶也泡好了,不久,特雷弗从隔壁他的房间过来了。他的新肾被安全地放置在左侧腹壁的间隙里。他微笑着,穿着背面有个缺口的医院长袍,推着一根输液杆,上面挂着静脉输液袋和装满尿液的袋子。

然而,罗德并没有那么兴奋于观看橄榄球赛。他处于半梦半醒之中,打着呼噜,发出鼾声,这是他手术中止痛用吗啡的作用。那时不像现在,多是用腹腔镜通过微创切口取出捐赠者的肾脏,不怎么痛。罗德的身体侧面有一条长长的直冲而下的缝合伤口,

第七章 终极礼物

这是为了封住外科手术造成的深坑，医生通过这个深坑进入腹膜后腔，切下他的一个肾脏。

多有讽刺意味啊，我想，特雷弗看起来轻松愉快，他的尿袋鼓鼓的，装满了来自他兄弟肾脏的尿液，而可怜的罗德睡着了，忘记了在埃利斯公园上演的"戏剧"（橄榄球比赛）。

这世界的大多数地方，等待器官移植的人比可供移植的器官多。很多人要等上几个月，有些人要等数年，还有一些人到死也没等到。在新西兰，大约有600人在等待器官移植，其中2/3在做透析，等待肾脏，其余的人最迫切需要的是心脏、肺或肝脏，亟待救命。

对于终末期肾衰竭患者来说，靠透析支撑的寿命和生活质量很大程度上与透析时基础疾病的进程有关。与特雷弗不同的是，绝大多数透析患者是因为糖尿病而导致终末期肾衰竭的。他们状况不好，因为伴随透析而来的是广泛的血管疾病。对于他们来说，透析生活既艰难又短暂。

而对于特雷弗，如果做得好，透析可以一直非常有效，不过我们知道，活体肾脏移植会更好，能让他过上独立、积极的生活。

像罗德这样捐肾给认识的人叫定向捐赠，它能确保所捐肾脏移植给特定个人。向陌生人捐赠则称为利他捐赠或非定向捐赠，这种情况下，肾脏将移植给等待名单中下一位最匹配的患者。

尽管有我朋友这样的活体捐赠故事，但大量器官捐赠是不幸遭遇的结果，来自大脑重伤并脑死亡的人。也有一小部分来自有严重脑损伤却并未脑死亡的病人，他们拿掉呼吸机后会在1小时内去世。

黛安娜（Diane）终身受脆性哮喘（Brittle Asthma）之苦，这种病非常严重，不可预测，经常复发。还是个小孩子时，她就住过很多次院，到了青少年时期，因选择使用类固醇吸入器（Steroid Inhalers）和万托林（Ventolin），她的病情有所好转，呼吸状况似乎也得到了改善。然而有一天，她独自在家时突然哮喘严重发作。虽然使用了家里的喷雾器，却没有得到缓解，呼吸困难，喘不过气来，于是叫了救护车。医护人员到达时，她已失去知觉，心脏停跳，监视器上显示着代表心脏骤停的平线。医护人员马上开始做心肺复苏，接管她的呼吸，并且静脉注射了几回肾上腺素。20分钟后，她的心脏重新起跳，但仍然处于完全昏迷状态。当时黛安娜18岁。

奇怪的是，她20分钟后到达医院时，我们听诊其胸部，却没发现导致她崩溃的紧张喘息迹象，她第一眼看上去非常平静，旁观者会以为她只是睡着了。不幸的是，事情并非如此。尽管我们所做的一切都是为了改善她的状况，但损害还是造成了，48小时后，很明显，黛安娜已经脑死亡了。

塔维塔（Tavita）来自新西兰南方，是一位房地产开发商，也是一位农民。他非常健康，没有什么是比在土地上干活更让他喜爱的了。有一天，一大清早，他和两个儿子在他们的房子边修一条新马路。塔维塔驾驶着一台大型推土机，然后加速器卡住了，巨大的机器离开了路面。他跳下来，笨拙地跌在地上，后脑勺砰的一声撞到地面。孩子们冲到他身边时，他已深度昏迷，不过仍在呼吸。医护人员很快赶到，用颈部支具固定他的脖子，并做了插管，然后全速赶往医院。

第七章　终极礼物　137

到医院后,我们给塔维塔做了格拉斯哥昏迷评分,只有3分,非常低,并且瞳孔扩散无变化。除了头部撞击,他没有其他创伤。然而,CT呈现出了残酷的画面。他的大脑不再有明显的正常结构,看上去更像一个被摔过的西瓜,肿胀和出血相当严重。大约一天后,他被宣布为脑死亡。

莫纳(Moana)52岁,在城市工作,效力于一家实力雄厚的法律事务所。一天上午,她开会时突然抱怨头痛异常。她说感觉就像头被棒球棒击中一样。原来,在她头部,一根大动脉上的一个小动脉瘤突然爆裂了。过了一会儿,她倒在地上,再也没有醒过来。和黛安娜、塔维塔一样,莫纳也脑死亡了。

是的,这些令人痛心的不幸故事都是实实在在发生过的,未来还会上演很多。每一个都是意想不到的突发事件,伴随着无法形容的悲伤和打击。

黛安娜、塔维塔、莫纳都遭受了毁灭性的神经方面损害,这与颅内压力突然或渐进增加有关,当其超过动脉血压时,会发生脑出血。这种情况下,大脑丧失血液供应,造成大脑和脑干(脊髓的顶端部分)死亡。随之而来的是很容易确认的生理变化和神经方面的问题,这些在床边检查中会体现得很明显。正是这些症状判断出脑死亡——一种大脑和脑干功能丧失的不可逆状态。和他们的家人讨论这种事很折磨人,不过他们都同意捐献器官。

每年在新西兰,大约有40人加入他们的行列,大多数人像莫纳这样死于突发性脑出血,其他类似塔维塔那样,由创伤引起脑死亡,还有一小部分人和黛安娜一样,大脑严重缺氧造成脑损伤。

为了保护每个人的权益，必须依据相关指南明确、严格地对脑死亡做出诊断，这些指南由重症监护类世界性机构和其他专业性机构制订。对于所有的病例，在器官捐赠着手进行前，需要有一组被广泛接受的症状诊断测试，确认病人情况。澳大利亚和新西兰重症监护学会（ANZICS）就是这样的世界性组织，根据来自世界各地的证据和最佳临床实践制订了这些指南。实现这一点的整个旅程非常有意思，一路上遍布很多伦理、道德、法律方面的迂回曲折。

在过去的很多年里，对死亡的定义一直在变化。在积累了详尽的解剖学和生理学知识前，灵魂与肉体分离是死亡的标识。随着对心脏和循环系统功能的深入了解，死亡被认为是发生在心脏停止跳动、血液不再流动时。现在，我们认可死亡是一个过程，期间体内各种细胞可能会以不同速度先后丧失功能。这种定义更加复杂，因为我们知道，对无法充分呼吸的患者实施人工呼吸能保持其心脏跳动，因而能在大脑死亡后，延续身体其他器官的生命。

像黛安娜、塔维塔、莫纳这样遭受灾难性神经类事故的人，人工呼吸和其他种类的器官支持方法，不仅能为诊断、治疗、判断预后争取时间，而且能让爱他们的人聚在一起，为事情进展达成一致意见，还能使医务人员有时间和家人讨论器官捐赠相关事宜。

对脑死亡的实际诊断必须由两位执业医生做出，实际上，这也是死亡诊断。脑死亡确定时间即为正式死亡时间，被记录在死亡证明上，尽管此时患者身体仍然在重症监护室里存活。

黛安娜、塔维塔、莫纳都是瞬间崩溃的，几秒之内就丧失了任何恢复的机会。对于他们的家庭，这是极度震惊、难以相信的时刻，他们的悲恸溢于言表，情感真实坦露。这也是家人朋友聚在一起相互支持的时刻，很多以前可能让他们疏远的事情都被搁置一边。这是对未知情感领域的深度探索，在短暂的时间内修补距离鸿沟。在这个痛苦过程的某些阶段，当风浪开始放慢脚步，并朝着正确的方向行进时，就能迎来相互和解、可供追忆的时刻，以后，这还会成为释然一笑的时刻。

作为医生和护士的我们，与患者家属并肩走过这段旅程，尽我们所能帮助他们。及时告知详情，给予安慰。这是诚实以对的时刻，因为没有时光倒流的机会。我们都不是超人，没有能力扭转乾坤，让时光逆转，拯救漫画中露易丝·莱恩（Lois Lane）的生命。我们活在真实的世界里。

从一开始，我们的谈话就为将来事情的走向定下了基调。这从来都不是件容易的事情，需要投入像外科手术所需一样多的准备和照护工作。我们能如何共同前进，取决于我们协调得好坏，以及对真正重要事情的认识和处理方式。从我父亲去惠灵顿医院看我哥哥那天起，我们已经走过了很长一段时光。那时，在有限而严格执行的探视时间里，父亲带着巨大的失望情绪，爬上排水管，只为了看一眼他躺在病床上、腿被牵引着的儿子。那家医院对待我父亲的态度相当差，因此他一辈子都没原谅他们。

种瓜得瓜，种豆得豆。身处艰难的交谈中时，善良、同情心、专业、诚实等品质会带来巨大的回报。同样，花时间帮助患者家属清楚了解已经发生的事情及其后果，也有益于交流，尤其是预期会有不好结果的时候。实际上,这可能意味着我们一天内要正式会见患者家属好多次,有很多场小组讨论或个别对话,以使大家达成共识。接受残酷的事实需要时间,而我们的工作就是帮助人们熬过这个过程。

很好地把握了患者的病情及预后时,我们在较正式的家庭会议上讨论的内容会随着时间的推移而不断变化。我尽力做到完全透明的信息分享,以帮助家人正视患者病情,并充分理解我陈述的内容。如果患者可能会发展成脑死亡,我通常会提及这种可能性。一般来说,家人会关注到这一点,如果合适,其后我们会展开更详细的对话。对于黛安娜的家人,这个过程漫长而微妙。

在失去孩子这件事情上,父母的字典里没有"正常""预期"这种字眼。其他问题也会使整个过程更加复杂。在黛安娜的病例中,她的父母早已分开生活好几年,很明显,他们相处得不融洽。在共同抚养方案的安排下,她在不同时间内分别和父母一方一起生活。这周在父亲的新家里(她父亲再婚,和新妻子及 3 个继子女一起生活),下周和母亲在原来的家里。黛安娜倒下时在母亲的房子里,不幸的是,当时她独自一人,母亲去上班了。

在 ICU 和我们一起待了约 36 小时后,尽管插着呼吸管,输着液体,接着监视器,黛安娜仍然只是看起来像黛安娜,无声无息。最近护士给她洗了头发,比起刚入院那会儿,她显得越发沉静。此前,我已经和她的家人见面谈了很多次,他们现在似乎更能接受这种可能性,那就是黛安娜也许不会好转了。

虽然不属于惯常做法,我还是询问了她的家人,是否会考虑参与我及同事的工作,我们当时要就黛安娜的神经系统状态及意识水平做进一步的正式评估。他们同意了,不过在做下去之前,我们发现自己进入了另一个话题,关于脑死亡和器官捐赠。

当时,我非常怀疑黛安娜已经脑死亡,但最后是她母亲提出了她成为器官捐赠者的可能性。在那种情况下,找不出任何合适的时机来和家人谈论这么敏感的问题,不过合适的时机总是日趋明显,至少对我是这样的。当那一刻到来时,我尽我所能为他们提供已知的所有信息,以便他们做出正确的决定。虽然捐赠一直属于提倡性行为,但在我职业生涯的早期,家人同意捐赠器官被视为医生的成功,反之则是失败。不过随着时间的流逝,我对结果不再那么投入了,只希望做正确的事情,陪着患者家属一起承受这种骤然痛失亲人的艰难重担。

我、专科住院医生、黛安娜疏离的父母都在屋里,我们准备做正式的测试,以确认脑死亡。尽管之前我已做过很多次这样的测试,但这次我做得更加仔细,表明我们是一丝不苟地遵循相关协议和指南的,对每一步的解释都很细致。

这种标准化的方法为公众及所有涉及人员提供了过程保障,并保护其完整性。在真正开始评估脑死亡是否可能已经发生之前,还有一系列问题需要回答。这些问题的答案将确保诊断的合理性,确诊患者遭受了不可逆转的脑干功能丧失,已经脑死亡。一旦证实这一点,家人应同意捐赠器官,然后,开始进行移植前的相应过程,包括确定潜在接受者,取下死者的器官等。

这是个触动人心、令人兴奋的领域,因为一旦完成,它将引发一连串的人为活动,由各方的诚信、凭据、善意来共同推动。实际上,它是一系列过程,向着许多方向行进,接触并呼吁很多人投入其专长，常常波及全国或全世界的不同地方。它意义深远、令人感动、宏伟杰出，始于一句开明、真诚的话——"是的，我们同意"。

脑干是我们神经系统古老而重要的组成部分。从解剖学的角度看，它是大脑和脊髓间的桥梁，是生命至关重要的功能家园，是承载所有大脑与身体间信号来回传导的高速公路。它也是很多脑神经的家，控制着我们的眼睛、吞咽和咳嗽反射、自主呼吸，以及其他更多功能。

所有这些都是如此复杂，但床边评估脑神经功能还是相对简单的，而正是这种评估来确诊脑死亡。

只有检查表明每一根脑神经的功能都完全地、不可逆转地丧失了，才能确诊脑死亡，同时要排除一系列可能混淆检查结果的其他病症。

黛安娜的父母就在现场看着，我们仔细地用记号标出每个先决条件，并逐一排除其他原因：

1. 黛安娜住在重症监护室，我们对其的密切观察和监护已超过 6 小时，这是一个不可逆性信号。

2. 我们确诊，她因哮喘发作及与之相关的长时间心脏停跳而缺氧，从而遭受严重的脑部损伤。已反复检查多次，CT 结果显示的特征与诊断明显匹配。

3. 黛安娜的体温处于正常测试范围内，如果体温非常低，则会混淆我们的测试结果。

4. 对于我们将要进行的测试，无证据显示有其他病症会

第七章 终极礼物

混淆其结果，尤其是那些因镇静剂或其他药物引起的影响。

5. 黛安娜的其他血液检查结果正常，排除其他由电解质、内分泌、代谢紊乱引起的重要病症，这些可能导致脑死亡诊断中的床边测试不准确。

6. 我们认可，从未给过黛安娜神经肌肉阻滞剂，以阻止其自发运动或对任何其他类型的刺激做出反应，否则会混淆测试结果。

7. 最后，从呼吸的角度来看，她仍然非常稳定，因此可以直接检查脑神经并做呼吸暂停测试，以确定其已不可逆转地丧失了自主呼吸能力。

在做这些事情时，黛安娜的状态仍然没有改变，接着呼吸机，深度昏迷，所有生命体征都稳定，一直守在床边的护士参与了无数次必要的任务，避免了各种并发症。

只有对我们将要进行的任何测试都没有反应，才能宣告黛安娜脑死亡，那些测试需要在两位医生在场的情况下做两次。所以，在其父母的观察下，我们进行了实况报道，完成了8个床边测试的第一次检查工作。

首先，我们看黛安娜在任何方式下，对脑神经区域的疼痛刺激是否有反应，是否显示出有意识的迹象。方法是施压于视上神经离开颅骨的区域，大致在每条眉毛的中间部位。然后按压每侧肢体的一根手指、一根脚趾的甲床。每一步，黛安娜都没有因疼痛刺激而退缩或显出任何生理反应。

然后，我们检查她的瞳孔。住院以来，她的瞳孔一直无变化且散大着，无变化是指遇强光不收缩，说散大是因为尺寸已达虹膜大小。我们测试了每只眼睛对光的直接反应，结果是没有任何反应。然后照射其中一只瞳孔，看另外一只是否收缩，就是所谓的互感性对光反射（Consensual Light Reflex），结果仍然是没有反应。

下一步，我们测试角膜或瞬目反射（Blink Reflex）。眨眼是人体最快速、最强烈的反射之一。它是如此之快，在脸部遇到瞬间烧伤情况时，眼睛很少受伤，脸却会被烧焦，这种情况通常发生在夏季，年轻人把点燃的东西扔到浸透汽油的柴垛上时。我一次撑开黛安娜的一只眼睛，用纱布片边缘触碰角膜，即瞳孔上方的眼球表面，结果没有眨眼动作。我所看到和感觉到的远远不只是简单的没有反射，黛安娜走了，她的眼睛像躺在冰上的鱼一样毫无生气，里面只能看到死亡带来的深不见底的空洞。

接下来是前庭眼反射（Vestibulo-Ocular Reflex）完整性丧失测试，这种反射是若干脑神经之间的一组复杂连接，用以控制眼球的移动和平衡。先做一边测试，再做另一边，将50~100毫升的冰水缓慢注入耳道，然后一位助手使双眼眼皮都保持打开状态，我来观察眼球是否有动作。对于有意识的人，可以看到的正常反应是两眼同时转向被刺激的一边，然后闪回正中。而黛安娜的眼睛呢，瞳孔仍然有虹膜那么大，茫然地盯着上方，没有移动，什么都没有。

再下一个是呕吐反射（Gag Reflex），用一个小的木质压舌板，小心触碰喉咙后面咽部高度的两边位置。通常这会引起剧烈呕吐，这种反射目的在于保护我们不将食物或其他东西吸入肺中。

再一次，反射缺席了。

咳嗽反射（Cough Reflex）是另一种生存机制，很容易评估。我打开黛安娜的呼吸管末端的一个端口，轻轻插入一根很长的抽吸导管（一般用于取出分泌物），深达气管。黛安娜没有努力咳嗽。

脑死亡总是与呼吸功能的完全丧失联系在一起，也就是说，甚至在面对最强烈的生理刺激，即血液中的二氧化碳浓度远远高于正常水平时，也不会自主呼吸。为了避免缺氧，我们提高了黛安娜的血氧水平，然后拿掉了呼吸机。其后通过一根前面测试中用过的类似的抽吸导管，每分钟输送1~2升的氧气进入她的呼吸管，将血氧饱和度保持在90%以上。

我们始终密切观察，在血液中的二氧化碳浓度慢慢上升时，她是否做出呼吸努力。随着时间的推移，她血液中二氧化碳的浓度显著上升。我们选取了几个时间点来测量黛安娜血液中的二氧化碳分压，以确保达到指南中定义的水平：60毫米汞柱/8.5千帕。8分钟后，二氧化碳水平达到75毫米汞柱/10千帕，远高于阈值。在整个测试过程的任何阶段，黛安娜都没有做出丝毫的呼吸努力。

我仔细记录下所有的测试结果，并与黛安娜的父母交谈。过了一会儿，当着他们的面，我们重复了同样的测试，得到了同样的结果。黛安娜对任何测试都没有反应，可以做出结论，黛安娜的正式死亡时间为深夜10点。这个时间与具体的脑死亡诊断，稍后会特别做正式记录，第二天早上交给其家人。

不久之后，我们开了最后一次家庭会议，在场的有我、黛安娜的双亲、她的继父、祖辈中的一位、姐妹、兄弟、伯父伯母。黛安娜走了，我现在的工作是为这个家庭带来最好的结果，在他们的心中留下些什么，1个月、3个月、1年，直到永远，最差也要让他们能够毫无遗憾地生活下去。

没过多久，他们就谈到黛安娜自己的愿望。她是个了不起的女儿，尽管经历了父母离异及随之而来的困难，她仍然爱着父母，就像他们也爱她一样。他们说她非常宽容，总是首先考虑别人。尽管他们从来没有谈论过发生这种事情的可能性，也从来没有提到过器官捐赠，但是她的家人知道她想要做什么。我静静地听着，什么也没说。他们逐个发言，含泪注视彼此，似乎又团结成了一个家庭。

我感谢他们，他们做出了非常勇敢的决定。黛安娜被宣告死亡了，完全可以撤下呼吸机，那之后，她的心跳会变慢，几分钟后完全停跳。但是，他们选择延长这个不可避免的过程，同意不取下呼吸机，使我们能进行种种新的测试，以评估心肺肝肾及其他潜在的可移植组织的功能，这需要很多时间。黛安娜很年轻就去世了，但或许这些事情花的时间越长，她的身体就越有可能在没有大脑的陪伴下，以奇妙的方式释放，漫游人世间。

我们详细讨论了这种可能性，黛安娜可能需要主动保暖，以防变为重度低体温；还需要更多剂量的静脉输液和药物输注，以支持其血压；另外还需要使用其他药物来协调通常与脑死亡有关的内分泌功能紊乱。

我特别小心地解释了与脑死亡相关的一个很怪异的让人深感不安的并发症：肢体异动，有时候头部也会这样。这些都是脊髓

第七章　终极礼物　147

反射运动，就像敲击弯曲的膝盖下方髌骨肌腱时，会出现膝跳反射那样。

这些所谓的脊髓反射也可能出现在手臂或其他部位的肌肉群中，但这不是证明功能正常的神经系统存在的证据。脑死亡后，神经控制机制的正常层次丧失，这些脊髓反射运动会自发产生，并变得明显，但它们并非生命迹象。

虽然事先解释了这种情况的可能性，但这种动作发生时，仍会使家人感到极度不安，并重新唤起他们对奇迹般恢复的希望。

虽然家人已同意黛安娜捐赠器官，我们还是讨论了可能出现的罕见情况，一些意想不到的会阻止捐赠的事情，比如技术问题，捐赠者有未被诊断的疾病，或与接受者有关的异常问题。尽管很少见，但这给了我一个机会，感谢他们愿意捐赠，感谢他们认识到黛安娜的愿望的历程，也感谢不论捐赠是否能完成，他们都会坚持到底的勇气。我告诉他们，这是他们所能做的一切，他们已经全心全意地投入了，我希望未来那能给他们带来力量。

与此同时，我打电话给管理捐赠过程的捐献协调员，将这个杰出系统中运行良好的齿轮启动起来。黛安娜的血样拿去做组织配型了，心脏回声已检查完，评估肝肺肾大小及功能的测量工作和进一步测试也完成了。在此期间，为了促使这个过程更好地进行，和其他专家及捐献协调员的电话沟通始终没停。

此时，移植团队中的一个单独部门人员联系了潜在接受者，有些是本地的，有些离得很远。对于他们及其家人，这是一个既有极大希望又让人非常害怕的时刻。那些等待肾脏的人虽然过得辛苦，但通常很稳定，而接受捐赠会带来新问题，需要终身服用抗排异药物，以防止接受者的身体排斥来自捐赠者的外来组织及其他后果。但是，就像我朋友的兄弟一样，接受一个新的肾脏承载了能够更正常生活的希望。这是一份礼物，但不同于其他礼物，那些有幸得到的人都深深地明白这一点。而对于等待肝脏或心脏的人来说，器官移植通常只是救命，延缓死亡而已。

在这个过程中，黛安娜的多数家人都跟她告别了，但是她妈妈和爸爸决定留下来一直陪她走到最后。那个捐献协调员（把所有一切紧密联系在一起的人）最先到达，对他们表示了感谢，并回答了所有他们可能遇到的问题。大约1小时后，清晨5点左右，几位外科医生和一位麻醉师组成的器官回收团队抵达。我们一起完成了文书工作，确保该做的都做好，过了一会儿，黛安娜被送进手术室。她的父母筋疲力尽，几乎累得哭不出来了，我也疲惫不堪。那个时候，我们似乎已彼此认识了很多年，但其实只有1天半。我们最后一次交谈，相互拥抱，是的，还哭了，然后，我们告别了。

第二天早上，我们知道一个肾脏已移植给很遥远的南方小镇上的一位患者，他只有24岁，移植非常成功，那个肾脏已开始分泌尿液。第二个肾脏给了一位离得很近的50岁男人，也很成功。

黛安娜的心脏和一个肺移植给了一位患囊肿性纤维化的19岁女孩，尽管她仍然接着呼吸机，但也状况良好。

黛安娜的一叶肝脏移植给了一个3个月大的胆管异常的婴儿，另一叶给了一位42岁的三个孩子的母亲，她因病毒感染而突患暴发性肝功能衰竭。如果得不到治疗，以他们的病情，数天内均会死亡，但现在，他们的情况都不错。黛安娜的家人应该也已获

第七章 终极礼物

悉了同样的消息。

我太了解了，这整个过程是多么耗费时间、精力，且令人心力交瘁，那种感觉真的无法描述。每次经历这种过程，我都会彻底透支，结束时感觉自己完全被掏空了。我知道，重症监护室里的专家也都一样。

至于捐赠者家人，尽管我不能为他们发声，但我观察到，一些人有强烈的愿望想更多地了解接受者——他们能够以新的角色，以代理人的身份活在捐赠者家人的心中。不过，这会给各方都带来巨大的风险，所以我们在这一过程中极力阻止泄露秘密，但同时仍然承担照护这些家庭的责任。各管辖区的情况有所不同，但可能都会采取临时或固定热线的方式提供服务，确保他们处理得当，如果不能，也会得到帮助。

在大城市，每年会有追思活动，纪念那些去世的、捐赠的、接受的人，对他们表示敬意。对于每位参与其间的人来说，生活有了新的意义。

在新西兰，每年平均会有 40 人脑死亡并做器官捐赠。有少数遭受严重的不可恢复性脑损伤的患者，虽然没有发展到脑死亡，但是如果拿掉呼吸机，不到 1 个小时就会去世，他们也会捐赠。虽然每例捐赠都是重大事件，但对于更大的器官移植计划来说，器官的需求量远远大于供应量，尤其是肾脏这种魅力十足的器官——因与肥胖相关的糖尿病的流行，越来越多的人体内的肾脏正在慢慢走向衰竭。

时不时地，通常在就某个单独案例回应公众时，政客们面临增加捐赠人数的压力，会从其他国家的做法中寻找灵感。西班牙在这方面处于世界领先地位,根据国际器官捐献与移植注册中心的数据,该国每百万人中有 34 位已故捐赠者,比例是新西兰的 3.4 倍。

虽然影响这些不同捐赠率的因素各有不同,但似乎最重要的还是法律环境、组织和文化问题。西班牙、比利时、葡萄牙都已在法律上通过了"推定同意"(presumed consent)原则,指个人自动被认定为器官捐赠者,除非他们选择拒绝。还有国家已建立了捐赠注册制度,允许个人选择登记。这两种做法都有缺点:选择登记系统可能会导致希望捐赠的个人因为没有去登记而错过捐赠;相反,推定同意原则可能潜在地使不愿意捐赠的个人变成了捐赠者,或者,非常反对捐赠的家庭会感觉好像国家窃取了他们所爱的人的器官。不论哪种情况,对家庭,对与死亡悲剧搏斗的人来说,都可能带来灾难性的影响。

西班牙的推定同意制度已经帮助提高了器官捐赠率,但他们的成功很大程度上要归功于其采用的组织措施。1989 年,西班牙建立了全国器官移植协调网络,通过更好的培训和教育,帮助医生和移植协调员识别潜在捐赠者,同时也向临床医生提供实时建议。

在新西兰,由新西兰器官捐赠组织牵头建立了类似的系统,但是因为深厚的文化因素影响,为了持续保护接受者家庭的利益,我们需要捐赠者家庭同意实施器官捐赠。

像黛安娜这样因意想不到的突发灾难而捐赠器官的情况,很多人都没有考虑到。尽管如此,我们能够也应该通过与家人朋友的交谈,让他们知道我们的意愿,告诉他们我们可能想要为自己做的事情。这些是我们真正应该展开的对话，讨论那些对我们重要的事情，那些我们如何活着及希望如何死去的事情。并不需要为此恐惧、悲伤，相反，它们涉及更多的是生存，而非死亡。最重要的是，它们应该帮助我们所有人从这个礼物中获得最大的益处：我们只有一次的宝贵生命。

第八章

医学的艺术

少即是多

肝脏、胆囊、胆管
(the Liver, Gallbladder and Bile Duct)

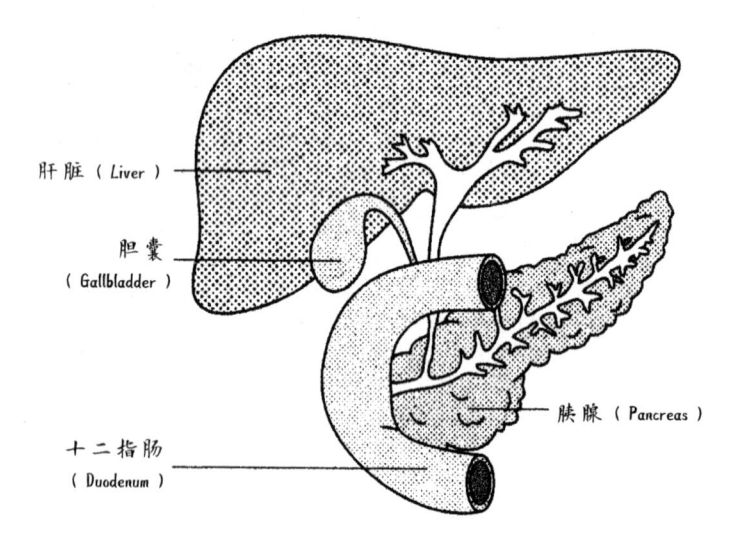

肝脏 (Liver)

胆囊
(Gallbladder)

十二指肠
(Duodenum)

胰腺 (Pancreas)

78岁的玛丽（Mary）和她唯一的女儿一起住在城里，她们的住处离橄榄球场不远，距港口也很近。她们一起经营一家小旅馆，客队球员及家人常来入住，还有来这个太平洋小岛的普通游客。楼上有8个房间，都带阳台，一眼望出去就是海湾西北迷人的景色。前面的房间可直接看到港口，新抵达的游艇会进来停泊或寻求庇护，然后驶向码头，在飓风季节，码头常被停靠在两边的巨型邮轮遮得严严实实。

玛丽一直很健康。她工作努力，除了二十几岁时有过短暂的吸烟史以外，始终过着健康的生活。她的日常似乎就是工作加娱乐，早晨打扫，下午会朋友，晚上处理账目。她只有一个孩子，这在这个地方比较少见，因为女儿3岁时，玛丽的丈夫在一次海上事故中过早地去世了。

在我遇到她的10年前，玛丽因几次胆囊炎发作，而去新西兰切除了胆囊。其后数年，她的生活节奏慢了很多，体重渐渐超重，然后是久坐时间增加，更易疲劳。以前轻而易举就能完成的工作日益繁重，最后，她在前台待的时间越来越长，越来越走不动路了。玛丽过着美好的生活，但是现在她的世界缩小了，能做的事情非常有限。

我们是在一家小医院的内科病房碰到的。一位年轻医生担心她的病情，要我去看看她。玛丽前一晚入院，当时正在发烧，右上腹痛已有5日，腹泻并大量出汗、脱水，伴随急性肾衰竭。

那天早上我见到她时，她女儿卡拉（Kara）和她在一起。我们一起回顾了过去几天发生的事情，她们曾找过当地的家庭医生寻求帮助，并想知道疼痛的原因。他以为玛丽得了便秘，于是给她开了泻药。想着会有帮助，玛丽大把地服用这些药物，结果，在入院前的那几天里，她开始腹泻和严重脱水。

我给她仔细检查时，她神志不清、发烧、感觉疼痛。疼痛和压痛感主要在她的右侧腹部顶端，肝脏所在位置。虽然呼吸正常，但玛丽仍然没有苏醒。她的舌头干燥，口渴，也没怎么排尿，心跳加快，血压降低，手脚冰凉。

前一晚已做过血液检测，结果显示，她的肝脏和胆管可能感染了，因为白细胞数上升，非特异性肝酶异常，胆红素轻微升高。所有这些导致玛丽的肌酐升高，表示她的肾脏正在走向衰竭。

尽管医疗团队彻夜奋战，玛丽还是一副病入膏肓的样子，这很可能是感染外加脱水、休克所致。如果不采取更强效的治疗，她肯定会死，但我们需要讨论的问题是，治疗该强化到什么程度。在她这个年龄、这个病情阶段，我认为她撑不过一连串全面的重症治疗措施。

当然，历史上曾经有一段时期，人们不会有这样的讨论，也不会给出什么解释，医疗团队知道怎么做最好，会直接做出决定：

"亲爱的,你漂亮的小脑袋瓜不需要担心这个。"这些决定不一定错,但很少考虑患者及其家人的想法、担忧、期望。人们也没有看到,对这些重要的问题做出决定时,和家属一起讨论是有好处的。

值得庆幸的是,这种思潮已经兴起,在 21 世纪,临床医生需要与患者及家属分享他们的想法,医生也应该花时间和他们一起判断,对患者来说,哪一种治疗过程最好。这种方法对各方都是一种解脱,因为不像死亡和税收这种确定无疑的事情,医疗不是非黑即白的,其间有无穷无尽的灰色地带,任何医疗过程都有多种可能性和各种概率。

诊断和治疗既是一门科学,也是一门艺术,最后的结果实际上可能并非最终结果,因为在治疗过程中,患者对治疗的反应会一直有所变化。我们就是在这样的背景下工作的,这是医学的艺术,我们了解自己知道的东西,加以应用,然后观察结果并做出必要的调整,以使每一位病人都得到最好的治疗。这种方法有其真诚性,不会晦涩难懂让人晕头转向,只需要被认可并讨论即可。

这种患者与医生之间更开放、协作的方法开启了一个远离"确定性傲慢"的世界,在我刚开始做医生时,这种傲慢在医疗实践中随处可见。现在,我的职业生涯到了下半程,医疗似乎会变成我一直希望看到的那样:构建所有紧密相关的人之间真正的伙伴关系。

我做完检查,准备和卡拉交谈时,脑子里盘旋着这些及更多其他想法。就我而言,为玛丽的存活而全力以赴的最简单方法是,投入所有的技术和介入手段来治疗潜在病情,修复实验室出具的化验报告上的那些非正常指标。那些介入措施可能包括你已经熟知的全场紧逼战术：让玛丽睡着，接管她的呼吸，在脖子上的颈动脉或腹股沟处的股动脉里插入大口径管子，输入强力药物以支持她的血压，因为肾脏功能还没有恢复就给她接上透析机，以及大量使用抗生素。

大部分手段实施后，会需要一系列的调查来确定她的确切病因。腹部 CT 扫描是起码的，用静脉注射造影剂来勾勒出不同的结构以帮助解释图像，然后，用引流作为所需的介入方法，或者如果认为有必要，甚至会做手术。对于玛丽这样的情况，所有这些医疗方法等同于入侵伊拉克，我们都知道，那做起来是多么顺当。是的，那也是一个容易的选项：全盘控制，但只能得到像拉姆斯菲尔德（Rumsfeld，美国前国防部长）带来的那种后果。

全面重症监护手段的实施相当折磨人，其程度难以形容。对于病情危重的年轻人，需要接入呼吸机，并进行其他器官支持治疗，如果介入治疗时间不长并且表现良好，他们可能需要数月来恢复身心力量。如果我们对玛丽这样做，我敢肯定，最坏的情况下，我们会杀了她，最好的情况也会使她再也回不到生病前的状态。

在对待虚弱的病人、老年患者、患有晚期慢性疾病的病人时，常常少即是多。在我看来，就是做 CT 扫描也会有无法承担的风险，因为需要做静脉造影来清晰地描绘图像，这会使玛丽的肾功能恶化，甚至无法恢复。即使我们发现了她的感染源——先前胆囊手术造成的胆管狭窄或腹部受感染液体的聚集，我仍然不确定，玛丽能否熬得过这些用于修复的必要介入措施。我觉得应该把简单的事情做好，然后看她的状况是否有所改善，这是我和卡拉、玛丽谈话的基础。

我们一起坐下来谈了 1 个小时，我说明了关于接下去会发生的事的想法，以及不同选择面临的风险。不过卡拉说得最多，她说的时候我都静静听着。她告诉了我很多她母亲的生活故事，经营旅馆的起起落落，对卡拉 3 个孩子的爱，在新西兰的大学时光。最后，她详细描述了玛丽是如何度过这些年的，以及玛丽现在的生命是多么有价值。卡拉就是用这样间接的方式来回应我告诉她的信息，而那些信息是为了帮助她确定玛丽想要什么。最后我们达成一致：不做英雄，呼吸状况恶化也不上呼吸机，肾脏完全停止工作也不透析，心脏骤停也不实施心肺复苏。

取代全场紧逼战术的是，我们小心地走在介于治疗和折磨的一线天间，让玛丽始终感到舒适是我们的头号目标，与此同时，把简单的事情做好，怀着希望，盼着她能好转起来。

不久之后，我们把玛丽搬上二楼的小 ICU，这样就能更密切地监护她的病程，做我们计划好的事情。给她实施一些基本的监护措施，并继续做液体复苏。我们开始用一些静脉注射药物来提高她的心脏功能和血压，所有这些都是通过她前臂上已建立好的静脉通道完成的，而不是在颈静脉里插大管子。我们还使用了广谱抗生素，以扩大抗菌谱覆盖面，然后我们就等着，看着。

这世上有成千上万像玛丽这样的病人，因为年龄的增长，身体变得虚弱，他们周围的世界变小了，但在日益缩小的圈子里，他们依然生活得很快乐，生活质量也很高。如何治疗他们的疾病并保持生活质量不变，是现代医学面临的最大挑战之一，也是最

第八章 医学的艺术

值得做的。

虽然做好这些事情的一些方法来自新知识和新兴技术，但医学最大的成就是成功地制订这些治疗方法，并应用于个体需求不断变化的患者。这是医学艺术的巅峰，也是医学实践的天堂，在这里，施于每位患者的正确治疗方法，或许可以转化为帮助他们过上自己想要的生活的基础。这对当前的医学实践是重大挑战，因为它不仅仅需要技能和知识，更需要的是对每一位患者的生活真正感兴趣，以及用耐心和智慧整合知识，从而获取对患者至关重要的结果。目前，这属于老年医学和姑息治疗的范畴，但很显然，这种方法需要扩展到更广泛的医学实践中去。

接下来的几小时中，玛丽稍稍好转。我在屋里前前后后地走动，从一位病人看到另一位病人，不时停下来，迅速描绘一幅"床尾画面"，查看我需要知道的东西。她的脉搏开始稳步下降，血压则在另一个方向上快乐地移动，脸色也好起来了。她的尿袋逐渐充满了，我摸了下她的脚，好像比先前暖和。所有这些都是循环系统得到改善的迹象，是对输液、药物、抗生素的回应。卡拉也能看到这些，我们开玩笑地说，玛丽那头直立的花白头发都似乎长一些了。

她继续缓慢地稳步好转，第二天晚上，她说话比较有条理了，开始能喝一点水，作为感染标志的白细胞数量也降到了正常范围内。她的肾功能继续慢慢衰退，但速度要慢于之前。一些东西只要假以时日就会好转，不出所料，后一天的早上，她的肌酐水平趋于平稳，然后开始下降，这是检验肾功能的主要标志。她正朝着正确的方向前进，我的工作也就变得更加明朗，那就是慢慢退出，让她自己恢复过来。

你不知道我有多高兴。卡拉和玛丽已经一起生活了这么久，共享彼此的人生，看起来她们又能在一起了，大部分的共同生活都能恢复。我激动于我们做得对，做出了正确的选择，可以这么容易就谱写出一个截然不同的故事。

玛丽靠体力能做的事情非常有限，但她确实已经到了生命中的这个阶段，回顾的时间要多于前瞻。她正享受于弄清楚所发生的一切及她自己的努力。几乎在所有方面，她和你我都没有任何差别：对于家人朋友来说，我们绝对无可替代。为了帮助她在这世上待得久一点儿，且继续治疗的时候不遭受痛苦，我用"少"而不是"多"实现了这一目的，这给了我巨大的满足感。

有人过来感谢我救了他们的命，通常那都是很多年以前的事，而我完全不记得他们了，这种情况不在少数。最近我在机场排队的时候就恰好遇到一位。虽然挺开心，但碰到这种事情总会有点尴尬。有趣的是，我经常因为曾照看过去世的患者而得到这样的感谢。对于每一例病例，我觉得医疗系统对患者及家属都尽力了，尽管有些人会留下伤痛，但我们对待每一个人都是透明而富有同情心的。

对于那些活下来并恢复得不错的患者，我们在介入过程中发挥了重要作用，这些介入可能会带来改善，而随着时间推移，这种改善可能会带来康复。虽然我们可能有一个装着奇特技巧的盒子和一间塞满技术的屋子，但是我们所做的只是使其他事情成为可能，最终，患者是否能存活并痊愈，更多取决于他们自己，以及他们以前的健康程度、生活状况。

像我这样的急症照护医生大多在医院工作。我们是一群来自不同专业群体的形形色色的人，有外科医生、麻醉师、内科医生、急诊医生、产科医生、儿科医生，及像我这样的危重病医生。我们都是团队工作，为公众提供全天候医疗服务，轮值当班——白天、晚上、圣诞节假期、犹太赎罪日、犹太新年，有时甚至是我们自己的生日都在工作。遇到玛丽和卡拉并使她们的生活几乎完全恢复，像这样的经历是令人惊叹的，但是，如果我假装工作总是充满这样的喜悦，那我应该是在骗你。

20世纪80年代，我在伦敦一家教学医院工作、训练了6年。那时候，圣诞节总是由犹太人和穆斯林来顶班的，我们每隔一周工作时间最长可达134小时。相比之下，中间那周就相当轻松了，只要工作72小时。

与此同时，我在为第一次医学研究生考试做准备，并试图与一位同样努力工作的律师保持好关系，其在一家律师事务所工作，工作时间也很长，那家事务所是专门起诉医生的！

某个周一晚上，上完了一个典型的苦不堪言的周末班后，我回家吃了烤鸡晚餐，嗯，差不多算吧，因为烤得不是很熟。烤鸡孤零零地躺在一个大大的盘子里，放在餐厅桌子正中。这幢漂亮的房子建于爱德华七世时代，历史悠久，我和妻子在几年前买了它。房子里就我们俩和那只鸡，坐在那里，一片死寂，语言是多余的。那只破破碎碎、烤得半熟、垂头丧气的盘中鸡，就是我状态的真实映照。

尽管精疲力竭，但我并非与现实世界格格不入，并非不能读懂种种迹象。我不在状态，迷失在工作中，沉没在大海里。在家时偶尔会有这种古怪的情况，其实我不是这样的。我的大脑总是在不停运转，好奇肺泡气体方程式是如何计算的，或是试图记住曼利（Manley）呼吸机复杂的操作流程。半熟的鸡和寂静帮助我看清了一切，但对我的第一次研究生考试来说有点儿晚了。

那是一个寒冬的早晨，为了去伦敦布卢姆茨伯里区（Bloomsbury）参加口试，我从家中出来，踏上第一级台阶。门打开时，一列送葬队伍缓慢经过。黑色的汽车一辆接着一辆，阴沉而冷峻的队列里，有一名脸色苍白的男子穿着礼服大衣，戴着高帽。看着他们，我的心往下一沉，头也低了下来。

我应该掉头回去躺到床上的，因为轮到我回答考官问题时，我几乎说不出话，而那些问题的答案我都很清楚。坐在那里，我精神恍惚，嘴里干得几乎无法说话，只想从屋里出去。我以前考试从没不及格过，即便这几年参加了更多的考试，也没亮过红灯。考试和那只没熟的鸡警醒了我。我是一名好医生，但正在走向颓废边缘，迷失了方向，认不清自己，不知道什么是真正重要的。这种状况必须改变，我想起了父亲常常误引的话："我不为己，谁人为我？"

我并不觉得孤单，似乎是因为医院里很多年轻的同事也处于类似的状况。一些人处理得好，有几个则不大好，其中一个可爱的家伙——特里（Terry），最后自杀了，死于药物过量。我们的顾问挺过了所有的一切，完成训练，获得了终身职位保障。他们所有人似乎都从努力工作中得到了回报，很多人在公共医疗机构和私人诊所有双重工作，开着闪亮的汽车，晚上的时光在歌剧院度过。尽管如此，他们仍然很友善，尤其在我显然需要帮助时对

第八章　医学的艺术　163

我特别好。我们都是所受教育的产物,经历和记忆塑造了我们。所以,当我被打倒,生活成了一团糟时,我回想起来,我是从哪里来的,我是谁,然后我发誓,再也不会堕入这种状态了。

我们兄弟俩生长在犹太家庭,都在出生第 8 天拜访过穆汉(Mohel,犹太教割礼执行人)。现在我仍然在朋友中开玩笑说自己是波兰犹太贵族。我父亲一直生活在他祖父——波兰首席拉比(Chief Rabbi,犹太教领袖)的注视下,他的早年生活严格遵守教规。我母亲是家中唯一的孩子,也生长在正统家庭中。

在新西兰,我们家住的是犹太风格房子,没错,在入口处的右手门柱上有门柱圣卷(Mezuzah),这是一个扁平的金属小盒子,里面放着一张羊皮纸,上面写着祷文"施玛篇"。不论是犹太节日还是非犹太节日,我们都怀着同样的热忱庆祝。我们吃碎肝脏,喝罗宋汤,我母亲做鱼饼冻,我们家冰箱里总是有鲱鱼、酸黄瓜、熏鳗鱼。我晚餐吃加香菜籽的德国酸菜、波兰土豆、配辣根的维也纳炸牛排,带着馅料奇特的三明治去上学。晚上,如果我太闹腾了,母亲会给我吃冰激凌配白兰地。屋里满是疯狂的欧洲人,玩扑克,喝很多酒,我母亲和大伯母尼娜不停地吸烟,大家总是有蛋糕吃。

我们是地道的犹太人,但我们是虔诚的教徒吗?当然不是!"我们需要上帝的时候他在哪里?"我父母会问。"上帝是人创造出的,而不是反过来创造了人。"我父亲一再说这句话。他会重复很多东西,尤其是他特别喜欢的笑话,其中一个他肯定每年都要讲一遍。在驱车前往惠灵顿以北 194 公里处的夏季度假目的地的路上时,料到他会讲,我们兄弟默默对视,会意地点点头。恰好在这个时候，爸爸会自己大笑着说："孩子们！这是世界上你们唯一可以从公牛身上得到牛奶的地方！"一次、两次、三次，每一次都令人捧腹。我们会笑了又笑，不是因为笑话，而是因为爸爸，他就是那么棒。他另一个喜欢的笑话被吉姆·贾木许（Jim Jarmusch）无耻地偷用在电影《不法之徒》（*Down by Law*）里了，跟冰激凌有关。"我尖叫，你尖叫，我们都为冰激凌尖叫。"[1] 我们也很喜欢这个笑话！

我们是犹太人，但并不按犹太教规来烹饪食物。每年我都会陪父亲去国会大厦（在惠灵顿）对面的炸鱼薯条店购买海鲜收获季节的第一批布拉夫生蚝。在中间的几个月里，我们会吃猪肉。我母亲特别喜欢猪油渣。多年以后，快去世时，她说她比什么都想念那东西，当然，除了她的家人！

爸爸是个聪明人，风趣，有点怪异。他拿生命与死亡来开玩笑，不过在内心深处，他非常认真，明白生活中真正重要的东西是什么。他钦佩的人是古巴比伦贤者希勒尔（Hillel）。我不在状态时，就会想起希勒尔的著名箴言：

> 我不为己，谁人为我？
> 我只为己，我为何物？
> 此时不为，更待何时？

---

[1] 英文中，我尖叫（I scream）与冰激凌（ice cream）的发音相同。——译者注

第八章 医学的艺术

犹太教有很多这种箴言和寓言。学者们对其仔细研究，讨论它们的多重含义及蕴含其间的教义。从表面上看这很简单，希勒尔以此告诉我们真正重要的是什么：了解自己，你将了解整个世界；爱自己，你会有能力爱别人；发现自己，为他者利益而活，现在就开始行动。我觉得这些建议非常棒。

时光荏苒，打杂小医生的生活随岁月流逝而发生了惊天动地的变化。他们不再苦苦煎熬，但仍然努力工作，承受着巨大压力。比起过去的我，他们聪明多了，在高中里为了拿到高分而彼此竞争，然后在大学的医学预科学年里你追我赶。现在，似乎只有学术方面最优秀的人才能拿到面试机会，相比那些不走运的立志成为医生的公交车司机，他们真是太倒霉了。

在很多国家，医科学生都是从高中直接挑选出来的。医学倾尽其魅力，使他们上瘾并日益沉迷其间，从而与同龄人隔绝开来。每当他们的思维应该扩展到世界范围时，或许我们就会通过限制他们的体验来打击他们。他们被带入"地下迷宫"，那里充斥着有关疾病和治疗的各种事实和数据，几乎没有空间和时间来发现自我及周围的人们。

许多年前，工作带来的疲惫和混乱让我心绪低落，尤其是无时无刻、夜以继日地应对突发紧急情况。所以，1991年，在距伦敦2万公里远的地方找到第一份专家工作时，我希望境况会有所不同，但是没有。除了我自己，什么都没改变。还是那样，我会定期且经常被叫去查看那些病情已经恶化到晚期的患者，其中一些人死了，更多人被送进ICU，他们自己、家人、国家都要担负巨额成本。

乍一看，这种呼叫似乎无论白天还是夜晚都来得很随机，但是我们浏览数据时，会看到一种模式——大多数都发生在新护士、新医生交接班后，他们工作起来不大一样。如果我们仔细观察并花时间和员工谈话，会发现其根本问题似乎与经验、直觉更相关，另外，当值医护人员的信心也很重要。除此之外，我们还会发现，很多员工，尤其是初级医生和护士，很怕他们的上司。这意味着即使他们的病人情况明显不好，他们也不会寻求帮助或根据自己的直觉行动。

几年后，一些文章开始见诸各权威医学杂志，论述的就是这种我们在自己的角落里经历的事情。这些文章详细描述了此类案例，患者病情很明显在不断恶化，最终不得不送入ICU，如果情况更糟，甚至会死亡。文章提议建立一个能够更早识别并管理这类病人的系统。那时，我们一群人试图引进这种简单的早期预警评分系统到我们的医院。但我们太天真，完全低估了推行改革的阻力，虽然我们的所作所为显然很有道理。过了10年，我们才得到足够的支持，成功引进，又过了几年，它才成为日常实践中必不可少的部分。

20世纪90年代后期，我们危重病医生也开始更多地讨论那些需要我们查看的病人的病情性质变化。在那之前，我们的患者通常是年轻人，很多人受到病菌感染：冬天的肺炎，婴幼儿脑膜炎，腹部外科手术并发症，醉酒人员在车祸或打架中受伤。

深夜，急诊科散发着浓郁的酒精、血液气味，小隔间的帘子下能看到警察的蓝色裤腿和黑色鞋子。我记得一个年轻人在医院附近的酒馆外遭到毒打，被送进医院时昏迷不醒，头部明显受伤，肋骨骨折，肺部塌陷，很可能倒地后被踩了几脚。他的发型也是我见过最差的。第二天早上，警察过来看是否能询问案情，结果空跑一趟——他醉得不省人事，还有脑震荡，完全没醒。他们离开时，我建议可以逮捕他的理发师和那些殴打他的人，他们同意了！就是这样，医生和警察大多数时间在同一个战场上，站在同一条战线，要时刻保持头脑清醒，只是我们必须看到这一切中有趣的一面。

大约在那个时候，我们的工作性质开始有所变化，不再在午夜和凌晨被叫去急诊科见醉鬼了。但是在同样让人无法忍受的时间里，会去病房看那些似乎受同组疾病折磨的病人。最后，我们给这种反复出现的现象起了个名字——南奥克兰满堂红，不过这一手是6张牌（满堂红是5张），包括肥胖、糖尿病、肾功能损害、高血压、缺血性心脏病、痛风。现在，这成了一场瘟疫，以同样的方式席卷或贫穷或富裕的国家。

几乎所有持有一手满堂红牌的患者都有厚厚的病历，记录了他们无数次去诊所看病的经历，那些医护人员给他们看不同的疾病，查看身体的不同部位。这些病历里满是检查报告、检查结果、一位医生写给另一位医生的信。这些信件总是以标准格式开头，解释患者及其先前病情的概况，包括过往病史、用药、过敏史等。然后现在，每封单独信件中很大一部分内容是从之前的信件中剪切粘贴而来，所以，如果信息是错的，那只有上帝能帮你了。

住院病人也是一样，这种详述和记录过程就像疾病不可阻挡地滑向终末期。阅读这些资料确实有助于理解医学上对病人及其问题的看法，但没有任何关于患者作为一个人的信息，比如他们是怎么想的,尤其重要的是,当他们脚下的车轮不可避免地开始脱落时,他们想要的是什么。

要换位思考。这是凌晨4点,我被要求立即去查看一位病房中的病人。贝利(Pele)69岁,3天前因糖尿病引发的并发症而入院,现在病情正迅速恶化。我到达时,12位以上的家属正围着他,全都极其焦虑,他们看着我,仿佛我是对抗病魔的骑兵精锐。

刚开始当医生时,我对自己的知识和能力都不确信,并且发现这种状况会产生令人难以置信的对抗力量,我没有承认这一点,而是倍感压力,向着相反的方向走去,想虚张声势,蒙混过关。所以,我会紧张地检查病人、写病历,然后,觉得患者家属的注视和期待正在压垮我,于是我喋喋不休地讲所有积极的事情,讲那些我们能够用来打败疾病、恢复以前生活的治疗措施。我感觉迫使自己采取行动的压力如此强大,要去干预,要开处方,要求助于外科手术,因为我觉得这才算是训练有素的医生应该做的,才是患者、家属想从我们这里得到的,那就是——竭尽全力,延长生命,希望他们的疾病和苦痛会屈服于现代医学这个奇迹。

当然,事实与此截然不同,我现在比较能理解自己当初为什么会有那样的感觉和行为了。当时我还年轻,对死亡和走向死亡知之甚少,严重缺乏经验和信心来向他人提出建议,帮助他们面对来自自身的死亡威胁。

贝利的家人看着我的一举一动,我快速做完自我介绍,然后花了好多时间在他身上。我的第一印象(即"床尾画面")是不大好,他脸色苍白,呼吸不规律,有些气喘,皮肤发黄。搭上他的手腕测脉搏时,我感觉皮肤冰冷,脉搏快而不规律,血压低,我

第八章 医学的艺术　169

叫他的名字时，他几乎没动过。

我和贝利的家人交谈，以获得更多信息，然后又询问了医护人员，最后阅读了病历。那晚当班的3位护士几乎对他一无所知，值班医生此前从未见过他。过去3年里，他的医疗记录详述了他的身体状况在持续恶化，因为多种疾病引发的并发症，他住了好几次院。我浏览了一遍他的病历，但是，任何与贝利及其家人谈及病情发展的谈话记录都没有承认，他正在通往另一个世界的路上渐行渐远。

站在我早先又犹豫又害怕的立场上看，现在我更能从这种谈话中得到安心。这是诚实而有意义的，而且我们谈的都是重要事情。

过去，如果这种谈话确实发生了，那也是发生在天亮前最黑暗的几小时里，当人们已经处于陨落的边缘时，由初级当值医生来完成。那时我就明白，事情并非一定要这个样子。

根据我在病历中了解到的信息，我和他的家人坐下来，想知道这个男人更多的事情，很显然，他正走向死亡，就在这间屋里，在我们眼前。这里会有故事、有泪水，最终，在他家人的脸上也会有释然，他们比任何人都更了解他，也看到了他在过去的很多个月里病情逐步恶化。我告诉他们，我们当然会照顾他，但是我们的注意力和努力将集中在他的舒适度上，而不是试图挽救他的生命，他的病情数月前就到了无法挽救的地步。

在作为专家的这些年里，我进行过上千次这样的谈话，所有这些和患者家属的谈话，都是为了使他们所爱的人得到最好的照护。在重症监护室外看到像贝利这样的新病人时，我会努力与他们建立紧密的和谐关系。根据我的经验,最好的方式是有礼貌,尊重他人,诚实,倾听患者及家人的心声,对病人本身而不只是病情表现出真正的兴趣,承认自己不清楚的地方,还有很重要的一点是,要说到做到。开放式问题会极大地帮助他们找出自己了解、害怕、希望的东西。"你对你妈妈目前的状况是怎么理解的?""你觉得她自己会想要怎样?"这些是简单的例子。如果进展良好,这些谈话通常会得出那些困难问题的答案,而且向前推进的方法也会浮现出来。这意味着,有争议的棘手状况将得到解决,所有相关者都能得到实质性的救助和慰藉。

在重症监护室里,只要有病人的家人来探视,走过时,我都会停下来和他们打招呼并聊一聊。再加上,我们实施家人朋友开放式探视制度,这意味着他们能看到我们的工作,也能看到彼此和其他患者及家人。我们员工在一起聊天时,他们也能知道我们这些医生护士在本职工作外是什么样的人。这样,在涉及更多正式讨论,要做更多艰难决定时,我们已经有了一定的关系基础,这将使所有人更容易把讨论过程进行下去。

那些更正式的会谈有多种各方要达成的目标。它们使我们能确保患者家属获取所有帮助他们理解挚爱的人的状况的信息。它们给予家人发问的机会,使他们在做出最终决定的过程中发挥重要作用。这些会谈也改变了医护人员,让我们清楚自己的定位,以及如何在这些决定中担负自己的责任。例如,我从没有也永远不会要求患者家属下决定移除他们所爱的人的呼吸机,这应该是医学决定。同时,即使医学上可行,如果家人反对,我也永远不会这么做。

第八章 医学的艺术

我的方法是要让家人都参与进来，让他们始终和我在一起讨论，做出那些困难的决定，确保他们能够理解需要理解的内容，最终接受我们的方案。

同情和耐心能在人们逐渐理解的过程中给予帮助，让他们明白我们对他们爱的人无能为力，并同意我们的方案，让患者回归更自然的状态，或者将其交托到上帝的手里。这需要时间，因为每位家庭成员在接受看似不可接受的东西时所用的时间不一样。我偶尔会听说一群医生和一个家庭对峙，他们无法就提议的处理方案达成一致，我的从医生涯中从没发生过这样的事情。

很多年过去了，我们在观念、方案、健康服务提供方式上都发生了很大的变化。现在，在我们的工作中，患者及家属更加处于中心地位，对他们自己的康复方案参与程度比以往任何时候都要高。服务越来越多地被转移到患者生活的地方，在他们的生活社区里，或靠近他们的工作地点。我们的年轻医生工作时间减少了，负担日益减轻。医院已经采用了早期预警评分系统，我们能够更早地发现重症病人的不稳定生理状况，从而采取干预措施以改善其预后。所有这些都是好事情，有助于提高我们健康服务投资的价值，这是政府支出中成本最高的部分，但是距离我们应该实现的目标还有很长的路要走，那就是，发展成一个国民独立自主、自食其力、健康幸福的国家。

第九章

我的最佳患者

72154

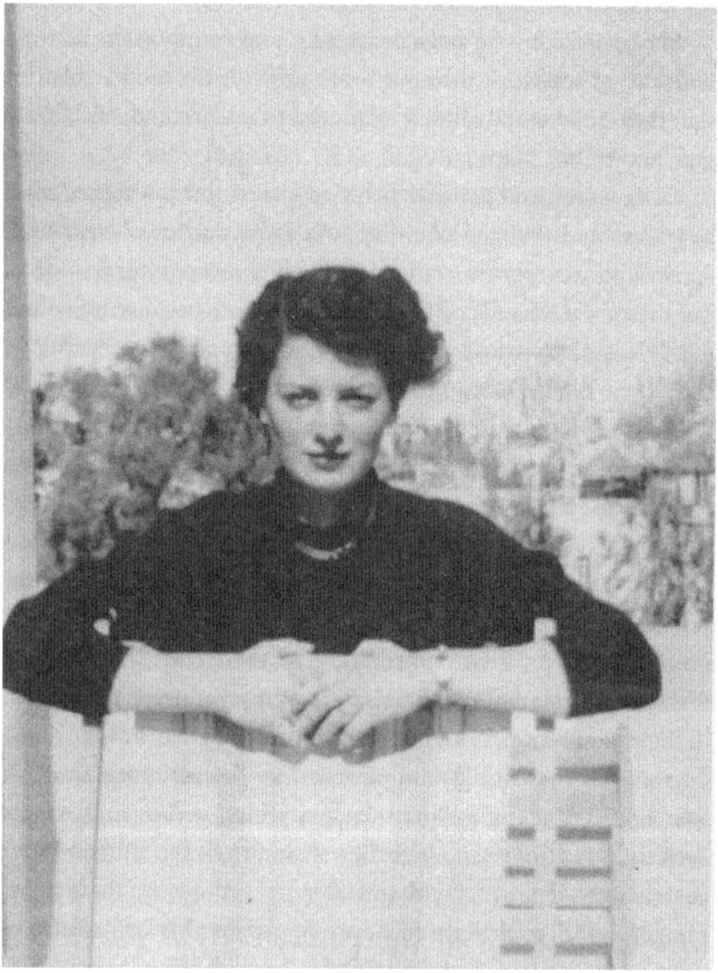

我母亲有很多名字。若莎是她的出生名，后来她的新西兰朋友给她取了个英国名字索菲（Sophie）。我父亲称呼她斯塔拉（Stara），这是波兰语中对"老太婆"的老式或更口语化的叫法。我小时候叫她"妈"，后来一直叫扎扎（Zaza），因为我的孩子这么叫她。在她去世前的 15 年里，这个称呼被缩短成"Z"，这个纪录保持到其他人用一个数字（72154）来记住她的时候。这数字是她左前臂的一个文身，其中"7"用了欧洲写法，中间有一横穿过，我一直用这种写法。她对所有的名字都给了解释，唯独没提到这个数字。

扎扎生于 1929 年 5 月 3 日，是希拉里·明克（Hilary Minc）和塞西莉亚·克罗内布鲁姆（Cecilia Kronenblum）唯一的孩子。她记得自己在离德国边境不远的波兰卡托维兹市（Katowice）中一个很大的现代化公寓里长大，家里非常富有，在战前过着美好的生活。

希拉里为塞西莉亚的父亲工作，后者拥有一家大型铸铁厂，叫克罗内布鲁姆铸铁机械厂，在孔斯基市（Konskie）附近。他们制造出了当时广受波兰家庭欢迎的烤箱。母亲记得希拉里是位慈父,花了很多时间在公园和咖啡馆里陪她,总是为她讲故事。

至于她的母亲塞西莉亚,扎扎记得她很漂亮,赤褐色的头发火红发亮,和我女儿现在的样子很像。总是有很多朋友围着她,她喜欢高品质的生活,喜欢聚会、舞会、骑马。她26岁生下女儿,但表现得不是特别富有母性,当时我母亲对此很不满,不过后来,考虑到发生的事情,她很高兴塞西莉亚曾有机会这么开心。

扎扎在悉尼登上了一架卡特琳娜远程轰炸机,经过一夜的飞行到达新西兰,缓缓降落在埃文斯湾(Evans Bay)的水面上。这是她从以色列的特拉维夫市(Tel Aviv)开始的漫长旅程的最后一段,3个月前她和我父亲在那里结了婚,他40岁,她22岁。爸爸回到战后收留他的国家,手捧着鲜花迎接她,那真是永恒的浪漫时刻。

尽管他们是彼此的挚爱,但新西兰生活对他年轻的新娘来说并不容易。她本不该经历这样的生活,她带着浓重的波兰口音,几乎不会英语,手臂上有个文身,吃不同的食物,穿不同的服饰,怀念着在特拉维夫的生活。

和她母亲一样,扎扎也是位美人,喜欢社交和高品质聚会。人群中,她优雅而风趣,大家众星捧月般地簇拥着她。讽刺的是,正是她的与众不同对人们产生了吸引力,无论走到哪里,她都会成为关注的焦点,但是在这一切的背后,她总是会受到过往的困扰,并无时无刻不在为未来焦虑。

在波兰,战争刚结束时,人家告诉她不要试图生孩子,但是她没有听。先是生了我哥哥,然后生了我,在整个怀孕过程中,她一直害怕她的宝贝会死在子宫里，或是长成畸形。她经历了两次分娩，每次都会为生出了健康孩子而欢欣，同时又带着淡淡的只有幸存者才懂的歉疚。"我怎么能这么幸运呢？为什么我能活下来？我做过什么？我通敌了吗？投降了？告发了别人？占了别人的位置？"这就是她的想法。

我知道我们也是不一样的。不同于希尔顿（Hilton）、魏斯（Weiss）、马里莎和马内克（Marisha and Manek）、维泽切克和拉拉（Wizcek and Lala），以及其他来自东欧的疯狂的惠灵顿犹太社区人，他们因战争经历及背井离乡的生活而特色鲜明。

是的，我像他们，但我不想成为他们那样。我想做一个正常的小孩，像学校里那些孩子一样——他们用鸟形剪刀剪头发，刮面，头发在脑袋顶部堆成蓬松一团，午餐吃果酱三明治。在小学的几年里，带朋友回家见母亲会让我很尴尬，因为她不一样的说话方式，还因为我害怕她会给他们一个牛舌三明治、一碗德国酸菜，或一根波兰香肠。我那时还年轻，只想着融入社会，不知道母亲到底曾经遭受了什么样的苦难。我想父母也希望这样，他们和我们只要适应就好。父母从不在我们面前讲波兰语、德语，或希伯来语，总是用英语。他们叫我们大卫（David）和莱斯利，妈妈很高兴别人称呼她索菲，父亲甚至允许一些熟人称他为托尼（Tony）！

特别是刚开始的时候，他们工作勤奋，把过去都抛在身后。他们的祖国，成了一个不会再回去的"外国"。

我对父亲的早期记忆是他坐在厨房桌子旁写字，用钢笔和纸，后来是用一台旧打字机，桌上总有一叠文件和笔记。后来我明白了，这是作为律师的爸爸向德国政府提出索赔，要求其对母亲在战争期间遭受的痛苦和损失做出赔偿。每封信都认真地用德语书写，偶尔会用英语，并用碳式复写纸复写留底，按时间顺序存起来。每个月，有时会更短，一封回信会寄到家里来，上面写着"新西兰 惠灵顿 邮政信箱 1538 若莎·加勒夫人收"，然后，这个循环会进入下一轮。

信中记录了父亲对母亲的访谈，她最初并不愿意说，也不喜欢详细描述那些恐怖岁月里她和家人的可怕经历。比如在被运往奥斯威辛集中营的路上，她亲眼看见了自己父亲被处决的令人毛骨悚然的故事，以及和塞西莉亚第一次遭遇"死亡天使"约瑟夫·门格勒（Josef Mengele）的事，还有很多。

每项索赔都需要查证，所以母亲经常被要求去与德国大使馆官员谈话，去看精神科医生，去回忆那些一个9岁小孩不可能记住的事情。这个过程非常折磨人，而且旷日持久，不过至少最终会有点治疗效果。我相信，但或许父亲并不知道，他在做这些事情的过程中也拯救了母亲的心智。而母亲虽然是被动地参与到谈话中，却终于能够谈论一些可怕的经历，稍稍缓解内心的痛苦。

最初是直接和德国政府通信，后来是与一位在德国威斯巴登市（Wiesbaden）的律师联系。这一过程自1954年开始，在1965年有了结果。最终，母亲获得终身领取养老金的权利，每月以德国马克的形式支付。父亲这样描述这笔外国资金的注入：每次让烟灰缸装满的钱就够我们买一辆新车的了。母亲是位老烟枪，所以抽烟无数。

在知道父亲在厨房桌子旁的那些晚上所做的事情时，大屠杀和奥斯威辛集中营对我还只是词语而已。直到多年以后，我才明白它们的真正含义。高中快毕业时，我应该已经十几岁了，有一天晚上，我和父母在家里看一部关于"二战"的电视连续剧，讲的正是解放奥斯威辛集中营的故事。

我不清楚母亲是否知道将要发生什么，不过当死亡及恐怖画面出现在电视机屏幕上时，她大叫一声，那声音我永远都不会忘记。然后她开始啜泣，那样子以前从未有过，让我十分震惊。爸爸关掉电视，想安慰她，但无济于事。她不停地哭泣，渐渐没声音了，脸上满是精疲力竭的样子。不久后，我们的家庭医生到了，他卷起她的袖子，给她打了一针，然后爸爸抱她去床上睡了。这一切让我目瞪口呆，母亲悲恸不已，父亲沉浸在对妈妈状态的关注之中，他们俩完全忘记了我和哥哥的存在。

先是犹太人隔离区，然后是集中营，母亲始终处于饥饿状态，并经常遭受疾病的侵袭，特别是痢疾和伤寒。虽然还是个孩子，但她已学会了要坚强，不表现出一丝软弱，因为如果不这样做，别人就再也看不到你了。后来，这样的命运降临到她的母亲——美丽的塞西莉亚身上了。她身心疲惫，越来越虚弱，脚还被冻伤了，然后出现感染，身体更加羸弱了。尽管有 10 岁女儿的照顾，某天早上点名时，她还是昏倒了，她被用鞭子抽打着，可还是没能站起来。随后，塞西莉亚被捆起来带去所谓的"医院"，在那里，她的脚被截肢，没有用麻药，不久后她就死了。在回忆录里，扎扎写道，母亲死后她从未哭过。事实上，她说她有一种解脱的感觉，因为从那以后，她只需要照顾自己了。这或许就是为什么在生命走到尽头时，她想回忆和谈论的是她母亲。

像这样的事例不胜枚举，无休止的难以形容的残忍行为，偶尔的善举，在那样的地方，只有适应环境才能活下来，母亲知道如何存活。战争结束后，联合国难民协会把她从波兰的一所孤儿院转到了巴勒斯坦，她慢慢开始了新的人生。后来到了新西兰，她再一次拥有了新的生活，但不论走到哪里，她始终无法摆脱身体和情感上因过去的经历而遭受的影响。据我所知，扎扎后来再也没出现过那样的精神崩溃。但是，她伤痕累累的过往再也没能让她的心平静下来，继续以各种不同的方式呈现出来，甚至在她过世前几小时仍然阴魂不散地缠着她。

母亲总是整夜开着卧室的灯，她的睡眠质量相当差，在设法入睡后，同样的噩梦总是接踵而至。似乎没有什么东西能赶走它们，甚至安眠药也无能为力，起初一片，然后两片，然后更多。后来，就像当初遭受折磨时所做的那样，她学会了和噩梦共同生存。

多年来，我总是鼓励她向心理医生寻求帮助，但她始终拒绝。最后，她像自己一直做的那样，看清了所处的状况，然后去适应它，仿佛她能在过着新生活的同时，把以前的苦痛暂且搁置一旁。

我的母亲，一位骄傲而优雅的女性，在我出生几年后，开始发福了。她的疲惫感日益增强，并且时常抱怨觉得冷，梳头时会掉头发，好像眉毛也在渐渐稀疏，末端几乎消失了。照镜子时，她的脸显得很胖。然后，出现了与精神相关的嗜睡，父亲认为这是抑郁引起的。后来我跟他谈起来，他想起曾有医生建议母亲去精神病院做电休克疗法（Electroconvulsive Therapy），但父亲拒绝了。他知道应该有其他原因,最后,在惠灵顿一位著名内科医生的诊室里,他找到了原因。

医生见到母亲后马上就明白了。她有甲状腺激素缺乏的典型症状:头发稀疏,眉毛外侧部分脱落,皮肤暗沉无血色,不耐寒史,体重增加。她就是一个典型案例。有个德语单词,"schadenfreude"(欢乐),常用来描述医生,大体上是说从别人的不幸中获得快乐。我敢打赌,那位内科医生看到这种教科书般的甲状腺功能减退症时,他的担心和快乐几乎一样多,因为他可以着手治疗了。

作为一名医术高超的内科医生,他应该已经做了一系列其他调查来确定她甲状腺"停工"的原因,也应该已经检查了病程是否已发展为糖尿病前期,血液中的胆固醇含量是否已经很高了。他采用了替代疗法,让她服用甲状腺激素片,终身服药。

在接下来的一周里,乌云消散,显出母亲的身影。一个月后,她开始恢复到过去的样子,头发长了回来,眉毛也长了,体重降到正常值。这真是个奇迹,爸爸为此欣喜若狂。

几年后,我大约7岁时,一天,我从学校回到家里,发现母亲倒在厨房地板上,旁边洒满食物。我马上打电话给爸爸,他叫了家庭医生。医生和他们一样是难民,他建议给妈妈吃点儿面包,这真是个奇怪的应对方法,不过就算是那个时候,我也知道他对高尔夫的兴趣要远大于医学。很快,一辆救护车到了,妈妈被迅速送往医院。那晚她做了急诊手术,因为查出了出血性胃溃疡,已经侵蚀到胃内壁的一根大血管。

这个手术叫部分胃切除术伴胃十二指肠吻合术(Billroth I),

第九章 我的最佳患者 181

手术过程中，外科医生将她胃下部有溃疡的部分切除，然后把剩余部分与小肠的第一部分直接连接起来。从那以后，妈妈任何时候都只能少量进食，而且，因为胃酸反流到了食管，她也开始受食管灼痛之苦。很多年后，她罹患癌症去世，其原因很可能就是胃食管反流。

美貌回归，手术后身体也恢复得很好，扎扎继续着她在新西兰的适应性生活。她的厨艺不怎么样，不过仍然喜爱娱乐，大多数周日，我们家都会请人来共进午餐。

曾经有一次，妈妈的一个朋友是带着丈夫一起来的，他居然是德国男爵！马内克和马里莎等其他朋友也来了。一切都很顺利，妈妈做了肉丸和德国酸菜，大人们喝着酒，大家愉快地交谈着，直到妈妈问了男爵——显然，他是个富有而成功的男人——几个问题，原来他是有名的克虏伯（Krupp）家族成员，现在已经把兴趣从军火转到了咖啡机及类似的东西上面。

"啊，克虏伯家族。我以前为他们工作过。"母亲说。

"在哪里？"男爵问道。

"奥斯威辛集中营！"母亲怒吼着回答。

桌上一片寂静，过了一会儿，为了让大家放松，妈妈讲了一个战后她在巴勒斯坦生活期间的故事。

她记得当时她是多么惊讶，因为大多数汽车都是奔驰的。她问大家这是为什么，毕竟德国人对犹太人做了那么多可怕的事情，她的朋友抬起手臂耸耸肩，用我们犹太人才会用的方式说："因为它们是非常好的车。"

多年以后，我有了一辆漂亮的南瓜色奔驰280SE，我很喜欢，母亲也是！

接受了一些早期医药治疗后，扎扎在后面的日子里一直避免看医生，除了我和哥哥——两位新西兰最好的重症监护医生。尽管她始终以我们为傲，但是在医学问题上几乎不受我们俩的影响。吸烟就是个很好的例子，在奥斯威辛集中营时，她就开始吸烟了，一直到去世前一两天才停下来。她深信是吸烟帮助她活了下来，而她现在对其不良影响也有免疫抵抗能力了。在很多方面，她是个宿命论者，我们谈到她为什么能存活时，她将其完全归功于运气，似乎这也是指导她后来生活的理念。她相信，该来的总会来，她就是这样生活的。

虽然父母喜爱在新西兰的生活，但是偶尔也会被弄得感觉不受欢迎，有时甚至会害怕。有一次是母亲公开接受采访，讲述她战争中的经历。不久之后，我们的车上被涂了纳粹标记，母亲则接到恐吓电话，威胁要杀了她。这很恐怖，让她紧张了很多年，很长一段时间里，她都不再参加任何关于她过去的公众讨论，也拒绝了慢慢平复曾经遭受的创伤的机会。

我的伴侣艾玛和母亲之间有着那种只有女人间才会有的很特殊的关系。她们彼此爱慕、相互倾诉，所以说，如果母亲曾把自己的故事讲给某个人听过，那一定是艾玛了。

克服了自己的不情不愿后，母亲最终同意记录她的故事，以确保她的儿子、孙子及后代能清楚了解她的经历，以及她父母、祖父母的生活和命运。那些对话持续了几周并录了音，随后转录成文字。连同父亲和德国政府间的通信，构成了母亲的回忆录的基础，书名叫《历历往昔》(*As It Was*)，2005年私人出版。

她去世前两年同意录制视频采访，现在，这些视频提供给了位于惠灵顿的大屠杀纪念中心，供学校参观活动的学生及游客观看。这件事后不久，她开始收到感谢信和鲜花，来自参观过纪念中心的各种校园活动成员。这给了母亲大大的惊喜，使她更加确信最终分享自己的故事是多么正确的事情。

1945年1月，苏联军队包围了被占领的波兰，奥斯威辛集中营中能够行走的囚犯被赶到一起，向北行进，前往德国境内的劳改营，现在称之为"死亡行军"（Death March）。无法行走的人都被处决了。那是惨无人道的事件，他们徒步数月，饥寒交迫。

短短几周后，离开奥斯威辛集中营的3 600人中，仅800人还活着，而这才刚刚开始。体力几乎要完全耗尽时，意识到时间已经不多了，一个和母亲同龄且已成为朋友的女孩帮助她逃了出来。

多年以后，在我父亲葬礼那天，母亲收到一位在悉尼的朋友的来信。随信附有一篇某澳洲报纸上的短文，是一位女士写的，寻找和她一起逃出死亡行军的女孩。我们的悉尼朋友认为这可能是若莎，他们猜对了。

这封信来的时间有点诡异，既令人深感不安，又让人觉得可能会有什么好消息。几周后，能提笔时，母亲做了回复，但几个月都没有回音。后来收到了回信，是别人代表那位女士写的，相对正式，通知我们说她儿子——一名医生——自杀了，她现在正接受精神治疗。母亲回复了信件。又过了几周，再次收到回信，告知母亲，她的死亡行军同伴也去世了，死于自杀。

很多被写下来的内容都是关于幸存者的心路历程，及一代人的苦难对下一代的影响。在那之前，我一直刻意避免思考这些，因为这让我难以忍受。那时我还保持着拒绝一切的状态，消耗着自己的生命，不愿意也没能力面对发生在母亲身上的恐怖经历。最后，我花了很多时间和她在一起，这帮助我做到了以前做不到的事情，还有艾玛，她实现了我永远也无法完成的事，记录了母亲的故事。

因为工作上的协议，2003～2010年间，我每隔一周回一次惠灵顿，和母亲在一起。在那段时间里，我对她有了更多的了解和理解。作为一个成熟的成年人，我没有料到会有这样的经历，但这对我们俩来说都是一段有趣的美妙时光。

我们在一起很开心，除了有几次，她打了好多电话询问我的方位，我什么时候能到家，我还好吗，我晚餐想吃什么。我们享受着彼此的陪伴。

她在方方面面都是杰出的榜样，遭受了如此深重的苦难后，你可能以为她会满怀憎恶和怨恨，尤其是对德国人，可是她没有。

尽管她永远无法原谅他们的所作所为，尽管每晚入睡时记忆中的暴行都会重复上演，她却以某种方法将本来会极具破坏性的力量转而用在创造美好上。她慷慨而善良，爱周围的人，倾听他们的故事，是一位值得信赖的朋友。她的社交圈里主要是和她差不多大的女士，不过也有我的朋友，他们爱她，她也爱他们。她思想开放、聪明睿智，如果遇到纠缠，她也有政治智慧来应对。不像很多同代人，她不容易被表达不清的政客们的虚假微笑和肤浅承诺所愚弄。不同寻常的是，母亲渐渐上了年纪后，心灵越发自由了。

但是在我和她的共度时光结束后,她开始体重下降,进食少而吸烟多。她的朋友劝说她多吃点,他们相信她独自一人时根本不吃东西。谢天谢地,这种情况很少发生,因为家里总是挤满了人,她喜欢有人陪伴,但与此同时,一波又一波的客人开始让她感到疲惫不堪。

在接下来的一年里,她的生活安排得出奇地好,和朋友一起去了几趟公路旅行,在澳大利亚布里斯班(Brisbane)南部的某处享受温暖阳光。我们已经太习惯于她咀嚼奎克易泽(Quick-Eze,缓解胃灼热和消化不良的药物)、吞食她的常用药片,可能就是因为这样,我们没有很快注意到她上腹部日渐加重的不适感。后来我们发现了,建议她最好去看医生,她立即答应了,这让我们意识到问题严重了。

妈妈不喜欢看医生,已经有很多年没去了。她几乎从未检查过甲状腺激素水平,也没有在医生儿子们的帮助下,了解如何根据自身感觉调整药量。激素水平太高时,我总是能明显地察觉到,因为她的焦虑水平会随之暴增,心率也会加快。

母亲以前说过:"我为什么要去看医生?他们只会告诉我,我得了癌症。"她的想法是,不知道就不会受到伤害。她是当玩笑说的,但现实不是这样。正是因为她对表达感到害怕和忧虑,同样的恐惧和焦虑才困扰了她一生。

2012年2月中旬,母亲终于去看了曾发誓永远不会去看的医生。更令她难以接受的是,医生把她又转给了一位胃肠科医生,问了她好多问题,然后做了彻底的检查。他担心的也是我们害怕的。母亲有体重下降、胃酸反流病史,现在不管她何时进食,上腹部都疼痛难忍，这些都是不好的征兆，说明她可能患有食管癌或胃癌。

第二天，她做了上消化道内镜检查（Upper Gastrointestinal Endoscopy），过程很简单，在轻度麻醉下进行。一个末端带摄像头的窄管从口腔进入，经食管下行到达胃部，然后进入十二指肠的第一部分。检查进行时，她疼痛和体重减轻的原因一目了然了，在胃上部和食道下部交界处，有一块巨大、丑陋的区域，很可能是癌症。医生做了活检，撤回了内窥镜，等待母亲醒过来。

母亲记不确切检查后医生跟她说了什么，不过她很清楚他在担心着什么，也明白我们需要等待活检结果。

同时，我尽力保持谨慎，一点点把事情做好。乍一看，你会觉得没有任何变化，妈妈照常抽烟，晚上还是要喝上几杯，我们在的时候，她甚至吃得不错。也许，只是也许，她会没事？

很不幸，结果证明我们是一厢情愿。有时候，如果每天都能和某人碰面，你就不会总注意到他们外表或行为的细微变化。你所看的都是你想看到的，我一直是这样的，直到最终结果出来那一刻——食管腺癌。

妈妈自己并不惊讶，这在她预料之中，是她的命运。突然之间，她显得羸弱而瘦削，皮肤蜡黄，头发似乎已经失去了原有的光泽，面带愁容。

那天深夜。我们一起喝了几杯酒，还开玩笑。"真是个坏家伙，"我说，"你一直以来对医生的看法都是对的。"

她笑了，我也笑了，可是我们都不觉得真有那么好笑。

第二天，我哥哥莱斯利从奥克兰过来。那天晚上，我们仨，

第九章　我的最佳患者　187

母亲和她的两个重症监护专家儿子，围坐在厨房桌子旁交谈，这是我们都需要的谈话。

在很多方面，这就像任何其他的家庭聚会一样，桌上有酒，有母亲做的烤鸡肉和奶油菠菜薄饼，还有一大盆沙拉，但这将是一个不同的夜晚。从扎扎脸上的表情看，她似乎已经做好了准备接受这个事实。这表情我以前见过，钢铁般坚定，表明她已准备好面对未来。

我们开始谈话。食管癌通常被认为是一种高致命性疾病，5年存活率约为10%。换言之，若有100位食管癌患者接受治疗，5年后，90人会死，10人可能仍然活着。她能成为那10人之一吗？这就是我们讨论的首要问题。

用血液检测和CT扫描给肿瘤分期，应该有助于回答这个问题，但不论结果显示如何，治疗手段（手术或化疗）都是严酷的，很可能毁坏她余生的生活质量，最坏的情况下，会加速她的死亡。

扎扎做着鬼脸，她知道这个比例。她已经82岁了，年老体弱。她也很清楚，手术及其他侵入性但可能徒劳无功的治疗措施能延长生命，但这不是自己想要的。我心里其实已经很明白，这将是"少即是多"的终极考验。

我和患者及家属进行过成百上千次家庭会议，一起面对艰难的抉择。他们教会了我如何举止得当，如何聆听，如何温和地对待完全陌生的人，并一起讨论生和死、丧失和悲恸，最关键的是，最终，对他们来说，最重要的是什么。

时光不会倒流，人也不能假装什么都没变，当生活的轨迹被彻底改变时，就像我的母亲，我们唯一的选择就是充分利用我们所处的境况，做好能够做到的事情。对话进展顺利时，说我享受到其中的乐趣可能不能完全准确地描述我的感觉。我的感受更多的是，我们做了正确的事情，实现了一个目标，即让患者及家人明白了他们所处的立场，并有力量来充分利用这种现状做好一切准备。和妈妈谈话时，我满脑子想的就是这些。

坐在厨房桌子旁，她仿佛能读懂我的思想。在我们明确发问前，她已经开始谈起那些对她而言真正重要的事情。她想知道自己还有多少时间，我们说没人能够确定，可能不会超过几个月。她问，随着病情进展，会不会很痛，我们同样无法确定，但是保证，如果她感觉疼痛，我们会在专家的帮助下想办法确保她感觉舒适。最后，我们谈到对她来说最困难的事情，如果她需要我们花时间陪伴，好不让自己感到孤单，她最好提出来。你大概觉得这很奇怪，其实不然。

很多年前，父亲去世前几个月身体越来越差，他有条不紊地为母亲未来没有他的生活做准备，一心一意地默默处理着一切，当然，除了他们的社交生活。他做了所有奇怪的事情及日常事务，比如账单、财务、投资、驾驶相关，还有很多，我们认为这些理所当然，不做的话生活会乱套。

他过世前两个月，母亲上了 37 节驾驶课后，终于拿到了她的第一张驾照。爸爸甚至为她买了车，一辆大发莎丽德（Daihatsu Charade），她第一次开出去就发生了碰撞。修好后，它在她的车库中待了 22 年，只有哥哥和我过来时才会用一下。妈妈去世后，我们把它给了她的园丁。

回想起来，爸爸做的事情显然非常有必要，但当时愚蠢又任性的我完全没有明白他的用意。他在慢慢帮助扎扎适应自己做决定，以前她从来不会做；同时教她一系列在他走后会对她有帮助的生活原则。其中一条是"量入为出"，这是爸爸的简略说法，意思是本金不动，学着靠利息生活，这也类推到了健康的财务管理方面，使她不依靠孩子生活，有意识地让孩子们过自己的生活。这就是妈妈不愿意要求我们花时间陪她的原因。

我们在那里，三个人，夜色下，有足够的薄饼和酒，还有共同找到出路的快乐。很明显，我们将以最好的方式度过妈妈渐渐远去的这段时间，对于无法阻止的事情，将不会用任何干预措施来加以阻止。相反，我们会努力确保扎扎在家里过得舒适，如果她需要，我们会陪着她。

第二天，我们的决定经受了考验，家里收到附近医院外科门诊的邀请，可以在接下来的一周去看病。就诊前，妈妈需要做几组血液检测和胸腹部 CT 扫描。

这个外科门诊在一幢典型的破旧建筑中，过去是老医院的一部分，现在已重建了。我们准时到达候诊室，那里几乎空无一人，房间里有一位笑容可掬的接待员负责管理。说实话，虽然我们已很清楚自己的立场和愿望，妈妈和我还是非常紧张，到底在紧张些什么，现在我很难讲明白。

大约 20 分钟后，我们被领进外科顾问医生的房间。他年轻英俊，生于印度，在英国和新西兰学习了医学知识。他对我们表示歉意，因为他面前的一叠文件里似乎没有他要求做的血液检测和 CT 扫描的结果。我们告诉他，我们本来就觉得没必要做那些，让他放宽心。然而，我们还没来得及解释为什么的时候，他就一副被激怒的样子。这时，母亲开口了，她解释了对自己病情的理解，以及决定不做那些检查的原因。她说话时，我看到外科医生放松起来，母亲阐述她的立场时，他点了头。我马上明白了，他应该有一种解脱感，和我过去常有的一样，就是与那些知道自己想要什么的患者谈话时如释重负的感觉，尤其是当你知道他们做得对的时候。这位年轻人摆脱了困境，不需要欺骗或掩盖真相。我坐在后面，听他们谈论人生、死亡甚至转世轮回！这真令人感动。

既然已经到了这一步，我们俩就去见了家庭医生——妈妈从来没有认真去看过病。他非常激动，因为终于见到了母亲，并真切地为她正承受的一切感到难过。通过他，我们与当地的临终关怀医院取得了联系，在他们的帮助下，签署了母亲关于急救和本地医院服务的意愿文件。我们还落实了一项报警机制，如果母亲在紧急情况下呼叫了医护人员来治疗，他们需要立即联系临终关怀医院的护士，然后护士打电话通知我。这真是个明智的举动，并且事实证明确实如此。

在接下来的两个月里，我的生活恢复了正常。扎扎也过得不错，像以前那么多年一样独自生活，不过现在有一小群最亲密的朋友照顾她。她们每天早上和她谈话，定期给她打电话，带她出去短途旅行或购物。她们是了不起的一群人，知道母亲想要什么，重要的是，她们也都有妈妈家的钥匙。

扎扎和我每天至少通两次电话，哥哥和我每周轮流去看她。每次她看上去都更虚弱，但一如既往的迷人而热情。她一手端着酒杯，一手夹着香烟，会翻翻白眼重复唯一的抱怨："谁说晚年是金色岁月？"

我们谈论各种各样的事情，有时甚至谈到她的死亡，这不是个轻松的话题。我错误地认为，妈妈一生中已目睹了如此多的死亡，应该不会害怕自己的离去。我错了，奥斯威辛集中营可没有临终关怀医院，那里的死亡从来不是安宁平静的，不是美好生活的最后一幕，而是充满折磨、伤害、悲痛的过程，让人感到绝望，并承受巨大的苦难。在那里，男人、女人、孩子都被剥夺了生活的权力，被残忍屠杀。

我终于明白了：母亲害怕的不是死亡本身，而是去往死亡的过程。她是一名"大屠杀幸存者"，但现在似乎不能从死亡中幸存下来。就像听起来的那样简单，明白了这一点后，我们俩都觉得醍醐灌顶，因为我有信心用药物来控制好这个过程，保护她远离恐惧。

一天下午，离我最近一次的探望没多久，我打电话过去没人接，5分钟后我又打了一次，依然没人接，我试图压制住内心的焦急，告诉自己，她可能和朋友出门了。最后，我打电话给她的朋友芭芭拉（Barbara），她那天早上看到过扎扎，扎扎看上去有点儿累，但没有其他问题，她怀疑扎扎在睡觉。但妈妈从来没有过睡着了听不到电话铃响的情况，我还没说，芭芭拉就主动提出去家里看看，然后再打电话给我。

我不知道是怎么回事，但我相信一定有事发生了，所以迅速收拾好行李。芭芭拉打回电话时，一切都得到了证实。妈妈从楼梯上摔了下来，浑身是血，几乎没有知觉。救护车正在赶去的路上。

我到达奥克兰机场时，一名临终关怀医院的护士打电话告诉了我更多细节，母亲很可能是因中风而摔倒，因为她目前说话困难，右边手臂及腿动不了。护士觉得她可能也很痛，因为肋骨断了，四肢都有伤，外加皮肤破损。

临终关怀医院的护士都很专业，他们头脑灵活，经验丰富，富有同情心，还很善良，但是他们也非常客观。我告诉他们，我离家只有1小时的车程，问他们有什么建议："你们知道我母亲想要什么，我们之间能不能实话实说？"

我终于赶到了扎扎身旁，她已经躺在楼上卧室的床上，是当地消防队健壮的男人们把她搬上去的，她应该很高兴。两位护士在清洗、处理她的伤口。他们给她用了小剂量的吗啡，她看上去安静舒适，但是明显面部瘫痪了。妈妈斜瞥了我一眼，认出了我，但没有说话。

几小时后他们做完了，我们有很多计划，先制订了第一个，从今晚要做的开始，或者更准确地说，我第一个晚上要做的是照顾妈妈。

直到后来我和她单独在一起时，才感受到巨大的打击。并不是我们不知道在一起做什么，我们知道，只是我的心里五味杂陈，强烈的责任感与答应妈妈要为她做的事带来了恐惧，但我也知道，不论是为她还是为自己，这都是我真正想做的。

随后的几天里，我的感觉好了起来，这起始于一位令人愉快的姑息治疗专家的到访，见到他我顿感温暖。他是和上次那两位临终关怀医院的护士一起来的。他直接和妈妈谈话，她含糊不清地说了几个词语对他表示认可。我们谈到了他们提供的服务，如何控制疼痛及所有药物的副作用。他告诉我们，可以借用设备帮扎扎离开床，去厕所或坐在椅子上。我们也发现了其他的社区资源，可以每天来人帮母亲洗澡，并做其他洗涤工作。

那天晚些时候，艾玛从奥克兰过来。几天后哥哥也到了，然后是他妻子。很快，我们排了个轮值表，以使我们每个人既能陪妈妈，又能有时间休息。情况是如此糟糕，我们都更加用心于自己的任务，作为一个家庭聚在一起，我们比以往任何时候都更加亲近了。

母亲的良好表现让我吃惊。没过多久，她就能条理清晰地说话了，还能在旁人帮助下很费劲地坐进椅子，在阳光下待上几个小时，俯瞰她的小花园。她现在用左手抽烟喝酒，戴着她的墨镜，完全是老去的电影明星的样子。这将是我永远珍惜的特别时刻。

那些美好的日子只持续了一周，她开始渐渐远去，像一个气泡，越飘越高，然后不断下降，落向地面。妈妈越来越容易感到疲乏，没办法做自己的事情，不再能坐到卧室窗户边的椅子里，现在，要我们把香烟和酒杯放到她嘴边才行，她的体力消逝得很快。她也在服用几种药物，一种让她保持舒适感，一种防止恶心，第三种帮助呼吸。

享用美食和吸烟喝酒从来都是扎扎最擅长的，但是，她第一次停止进食了，接着停止了喝酒，对她的晚间小酌表现得毫无兴趣。然后，她说的话变得更加难以理解，当然，除了她想再要一支香烟的时候，这个我们能明白。

不久，她不知不觉陷入一种稳定的睡眠状态，平躺，平静地打着呼噜。我的母亲，曾是生活中强大的存在，现在与死神靠得这么近，但是她依然在那里。日子一天天过去，没有任何变化，直到 6 月 8 日那个可怕的星期五早晨。

突然，她出乎意料地在床上坐了起来，脸上露出凄惨、惊恐的表情，大哭，尖叫，一如很多年前看电视时的反应。我们已经到这里 60 年了，在万里之遥的世界边缘，但最终，她儿时的可怕记忆还是回来缠住她不放。我、艾玛、莱斯利都在旁边，我们伤心而烦乱，尽力安抚她，艾玛抱着妈妈，用胳膊托着她的头，她的两个医生儿子完全无能为力，备感绝望，我们只希望让她入睡。

这时，药物仍然在妈妈的皮肤下静静地滴注，但是剂量不大，我们意识到，这样的小剂量完全不够抑制她现在遭受的痛苦，于是加大了剂量。过了 20 分钟，她重新陷入昏睡，这时她脸上的表情平和了。那天夜里，她平静地停止了呼吸，脸上带着微笑，在她自己的家里，终于获得了自由。

我们悲痛欲绝，但同时有一种解脱感，站在她旁边，不知道该做什么。我打电话给她的一位恪守犹太传统的密友乔（Jo）。等她过来后，我们根据犹太人的规矩处理后事。我现在几乎想不起当时做了什么，只记得时间不长就完成了，我们三人感觉好多了。乔走后，我们喝了点威士忌。

第二天，扎扎躺在一辆黑色的车中离开，两天后最后一次回家。她看上去不错，像是睡着了，和我很多年前在殡仪馆看到的父亲差异很大，那时父亲脸上的表情我以前从未见过，让我非常难过，至今难以释怀。

令很多人惊讶的是，母亲的葬礼并没有在犹太会堂举行，代之的是圣安德鲁教堂，一个以宽容著称的好地方，在惠灵顿市中心的特雷斯街。"我从未去过犹太会堂,为什么死后要去呢?"她过去常这么说。整个仪式庄重而感人,随后我们在韦尔斯利俱乐部举行了一场不错的派对,她曾在那里庆祝过 80 岁生日。

接下来的几周,艾玛和我周末飞往惠灵顿,去做大多数父母去世的孩子要做的事情,处理身后事务及财产。我们从食物储藏室开始,里面有弧形的架子,上面放满了国产的及进口的罐头,大多已过期很久。这里的食物足够供应一支军队,也能满足长期被敌军包围的消耗需求。囤积食物是母亲经历大屠杀后心态的另一种体现。还有一些碗柜,上面摆满照片,有我们小时候的,有父母早已去世的朋友的,也有妈妈和爸爸节日拍的。抽屉里则塞满了各种小饰品和时装首饰,是父母在一起的这些年里积累下来的。还有满屋子的衣服需要处理。我们打了一个又一个包裹,大多数送到了救世军(Salvation Army)[①]那里,一些很好的东西去了临终关怀医院的商店,但总的来说,房间里的大多数东西都去了本地垃圾填埋场。妈妈应该不会介意的,她小时候家境相对富裕,然后失去了一切,受了很多罪,但在和父亲长久的相亲相爱关系中又找回了一切,那时,物质对她已没有什么意义,人与人之间的交往及友谊带来的温暖才是重要的。

依照母亲的遗愿,我们将她火化了,而不是土葬,后者是她本该遵循的犹太礼教,但是她始终坚持要火葬,想和她母亲一样——她母亲的遗体是在奥斯威辛集中营的焚化炉中被烧掉的。

[①] 一个成立于 1865 年的基督教教派,以街头布道和慈善活动著称。——编者注

两年后,莱斯利、艾玛、我三人踏上了南方之旅,最终实现了我们的承诺,将她的骨灰和父亲葬在一起,墓地在马卡拉(Makara),位于城市的南部海岸,离海不远,母亲生前很不喜欢去那里。

能有机会和母亲共度这么多时光,我深感幸运和荣幸,她是我这一生最好的病人,我在她生病时照顾她,搞清楚什么对她最重要,最后,在她需要我的时候陪伴着她。现在,几年过去了,我仍然非常想念她,但是回顾我们的关系,我毫无遗憾,或许,生活的美好就在于此吧。

致　谢

　　感谢你教给我的一切，每一天，你的韧性、勇气、仁慈都激励着我，如果没有你，我很早以前就放弃了。

　　始终感谢我的家人，感谢他们无尽的耐心、极好的性情、中肯的批评。

　　特别感谢出版商，让我有机会坐下来，静静地写这本不长的回忆录。

术语表

食管腺癌（Adenocarcinoma of the Oesophagus）：起始于腺细胞的一种癌症，主要见于食管的下三分之一处，多与胃酸反流有关。

贫血（Anaemia）：血液中红细胞不足。

动脉瘤（Aneurysm）：动脉壁的异常弱化。若脑动脉循环中发生动脉瘤破裂，则会导致致命的中风。胸主动脉瘤可能与遗传性疾病（比如马凡氏综合征）和高血压相关。腹主动脉瘤则常与吸烟有关。

心绞痛/冠心病心绞痛（Angina / Angina Pectoris）：心肌缺氧引起的胸痛。

呼吸暂停（Apnoea）：睡眠中出现的短时间内无呼吸症状。

心搏停止/心跳停止（Asystole）：心脏无心电活动并停止泵血。

常染色体显性（Autosomal Dominant）：父母单方即可遗传的基因突变。

细菌性心内膜炎（Bacterial Endocarditis）：影响心脏瓣膜的细菌感染，常见于左侧心脏内的二尖瓣和主动脉瓣。与瓣膜上感染物的沉积有关，通常称为赘生物。

体重指数（Body Mass Index，BMI）：基于不同身高的体重测量方法，计算方法为：体重（单位为千克）除以身高（单位为米）的平方。

单次给药剂量（Bolus）：少量药物的配给。

胆红素（Bilirubin）：红细胞分解产生的物质，常由肝脏排出。

毛细支气管炎（Bronchiolitis）：病毒感染引起的肺内细小支气管炎症，常发于婴儿。

持续气道正压通气呼吸机（Continuous Positive Airway Pressure Machine）：非侵入性系统，可辅助新生儿呼吸。

心搏骤停/心脏骤停（Cardiac Arrest）：心脏突然停止将血液泵向全身，由心室纤维性颤动（心脏节律异常）引起，此时，无心肌收缩，因此心脏无心电活动。

心脏肥大（Cardiac Hypertrophy）：心脏肥大指心脏肌肉增厚，导致心脏腔室容积减小。心脏肥大的常见原因是高血压和心脏瓣膜狭窄。

心脏停搏（Cardioplegia）：手术中让心脏停止跳动的方法。

蜂窝组织炎（Cellulitis）：皮肤和皮下组织细菌感染。

霍乱（Cholera）：小肠细菌感染，会引起严重腹泻。

胆囊炎（Cholecystitis）：胆囊发炎，常由胆结石导致的胆汁流动受阻引起。

肌酐（Creatinine）：肌肉代谢的副产物，通常由肾脏排出体外。

计算机断层扫描（Computerised Tomography，CT）：结合

大量 X 射线影像信息，形成完整扫描对象图像。

透析（Dialysis）：生命支持疗法，通过用机器过滤血液中的有害废物、盐、过量体液，使其恢复到健康平衡状态。透析替代了肾脏的很多重要功能。

定向捐赠（Directed Donation）：朋友或亲戚向指定的接受者捐赠血液、器官，或组织。

心电图 / 心动电流图（Electrocardiogram，ECG）：衡量心脏一段时间内心电活动的测试。

会厌炎（Epiglottitis）：会厌发炎。

吸收性明胶海绵（Gelfoam）：用于止血的可吸收性胶质粉末。

格拉斯哥昏迷评分法 / 格拉斯哥昏迷指数（Glasgow Coma Scale）：医生用于衡量病人意识状态的评分方法。

肾小球（Glomerulus）：组成肾脏的肾单位的一部分，血液通过这种毛细血管网最初过滤掉血浆、水分、电解质、蛋白质、废物。

心脏病发作 / 心肌梗死（Heart Attack / Myocardial Infarction）：由给心脏供血的冠状动脉堵塞导致含氧血流动受阻引起。通常表现为胸痛、大汗，有时会恶心并伴有严重的胸部挤压性疼痛。这种疼痛也可能辐射至左肩和左臂。心脏病发作可引起心律失常，并导致心脏骤停。

HELLP 综合征（HELLP Syndrome）：妊娠期 / 怀孕期内与先兆子痫相关的疾病，其名称为三种主要特征的首字母组成的缩略词，包括溶血（Haemolysis）、肝酶升高（Elevated Liver Enzymes）、血小板减少（Low Platelet Count）。

体内平衡（Homeostasis）：描述系统属性的术语，指因变量调控而使内部环境保持稳定和相对不变。

高血糖症（Hyperglycaemia）：血液中的葡萄糖含量高于正常水平。

低氧血症（Hypoxaemia）：血液含氧量低于正常水平。

颈内静脉（Internal Jugular Vein）：两条颈内静脉分别位于颈部两侧，将氧气耗尽的血液从大脑、面部、颈部送往心脏。是静脉插管给药、临时透析、营养输入的好位置。

颅内压（Intracranial Pressure）：颅腔内的脑组织、脑脊液对颅腔壁产生的压力。

缺血性心脏病（Ischaemic Heart Disease）：输送血液和氧气至心脏的动脉变得狭窄，心脏因而无法正常工作。

乳腺炎（Mastitis）：乳腺组织发炎，常由乳腺导管堵塞引起，致病菌多为金黄色葡萄球菌。

脑膜炎球菌病（Meningococcal Disease）：细菌感染，可以是败血病（血液感染）或脑膜炎（覆盖大脑的脑膜发炎）先兆。

胃管/鼻胃管/鼻饲管（Nasogastric Tube）：由鼻孔插入，经由咽喉后部下行至胃部的管子。通常在气道管理前插入，以排出胃内空气，排空胃容物，或是帮助患儿更有效地呼吸，或为不能进食的病人提供营养。

肾单位（Nephron）：肾脏的功能单元，由肾小球和肾小管组成。

去甲肾上腺素（Noradrenaline）：升高患者血压，改善心脏功能的药物。

阻塞性睡眠窒息症（Obstructive Sleep Apnoea）：潜在的严重睡眠障碍，睡眠中呼吸多次停止。

血氧仪（Oximeter）：通常利用手指探头测量血液含氧量的设备。

瘀点/瘀斑（Petechial Rash）：血液中血小板减少或有时因脆弱的毛细血管破裂而导致出血，从而在皮肤上形成小斑点。脑膜炎球菌病患者常有瘀斑出现。

多食症（Polyphagia）：强迫性的进食欲望。

普瑞德－威利症候群（Prader-Willi Syndrome）：复杂的遗传疾病，婴儿期表现为肌肉张力不足、进食困难、生长缓慢、发育迟缓。儿童期，受影响的个体会产生难以满足的食欲，导致慢性饮食过量（食欲过盛）和肥胖。

肺动脉高压（Pulmonary Hypertension）：一种影响肺动脉和右侧心脏的高血压。有一种形式是，肺中称为肺小动脉的微小动脉和毛细血管变窄、堵塞或损坏，这增加了肺动脉的压力，使右心室泵血过肺变得困难，最终导致心肌变弱、衰竭。

紫癜（Purpura Fulminans）：严重感染的并发症，导致脚趾、手指，甚至四肢供血不足。由人体毛细血管凝血异常引发。

肾功能衰竭（Renal Failure）：肾脏丧失充分代谢废物能力。

腹膜后腔（Retroperitoneum）：位于腹部，肾脏后方，肋骨正下方。是肾脏、胰腺、庞大的血管和神经网络的安身之所。

风湿性疾病（Rheumatic Disease）：影响关节或结缔组织，并引起慢性疼痛的疾病。

风湿热（Rheumatic Fever）：由链球菌感染引起急性发热，

导致关节部位发炎、疼痛，并对心脏瓣膜造成长期损害。其结果是，可能发生细菌性心内膜炎，即细菌感染心脏瓣膜。这会破坏心脏瓣膜，导致心脏衰竭和中风，受感染的碎片会脱离瓣膜，堵塞大脑中的血管。

休克（Shock）：一种危及生命的状况，导致流入人体组织的血液和氧气不足。引起休克的两个常见原因是大量出血和重度感染。

喘鸣（Stridor）：来自肺部的高音调噪声，表明气道变窄。

法洛四联症/法洛氏四联症（Tetralogy of Fallot）：包含四种结构缺陷的先天性心脏畸形。

甲状腺素（Thyroxine）：甲状腺分泌的一种激素，主要负责新陈代谢。

气管造口术（Tracheostomy）：呼吸道出现问题时，切开气管，插入呼吸管，以恢复呼吸的过程。

肾小管（Tubule）：肾内的微小管道，输送先由肾小球滤出的液体，其最终成为尿液。

参考文献

1.《拯救生命：我们更健康的国家》(*Saving Lives: Our Healthier Nation*)，文档链接：https://www.gov.uk/government/uploads/system/uploads/attachment_data/file/265576/4386.pdf。

2.《新西兰儿童贫困问题解决方案：实际行动》(*Solutions to Child Poverty in New Zealand: Evidence for action*)，文档链接：http://www.occ.org.nz/assets/Uploads/EAG/Final-report/Final-report-Solutions-to-child-poverty-evidence-for-action.pdf。

3.《新西兰健康调查：年度关键发现更新（2012～2013年）》(*New Zealand Health Survey: Annual update of key findings 2012/13*)，文档链接：http://www.moh.govt.nz/Note Book/nbbooks.nsf/o/C5E688F85B4C4165CC2582A9006DB410/$file/new-zealand-health-survey-annual-update-key-findings-2012-13-dec13-v3.pdf。

4.世界卫生组织情况说明书311号（WHO Fact sheet 311）。

5.西蒙·威尔逊（Simon Wilson），《泰特美术馆》(*Tate Gallery*)，伦敦，1997年，第90页。

出版后记

对生的向往，是每个生命最朴素的愿望。

我们对自己的身体了解多少呢？它是那么精密，像是自然智慧的高度集合，却又脆弱无比，任何或大或小的故障都会彻底摧毁它——睡梦中突发的心脏骤停、较差生活条件导致的传染病、皮肤感染引起的大面积器官衰竭、不良生活习惯促发的窒息风险、器官移植遗留的后遗症、交通事故造成的严重创伤……这些问题可能正左右着一个人的人生，乃至一个家庭的走向。

在这样的生死一线间，背负着人们最大期望的就是医生，正是他们竭力从死神手中带回那些游走在生死边缘的生命。然而，医学始终是有边界的，很多时候，即使是医生，也不得不看着亲人的生命渐渐流逝却无能为力。他们就像天国列车的站务人员，送一些人离开，带回另一些人。因为见惯了生死，大多医生都对生命有着自己的见解，但是一定没有人能比急重症医生拥有更冷静、更深刻的生死感触。

在这本充满思考的书中，大卫不仅是急重症医生，也是患者家属，视角切换间，他将自己的故事贯穿始终，围绕心脏、大脑、肾脏等关键器官展开一场生命巡游，不仅讲解了它们的生理机能，也谈论了这些器官问题在人生故事中所拥有的重要意义。除此之外，他讨论了更为深刻的问题——生死垂危时刻的生命抉择。疾痛、死亡、医疗、政策、情感交织而成的巨网下，什么才是这段掠夺与对抗的旅程中最合适的选择？也许，医学的根本正是根据患者的不同需求做出指引生命走向的治疗决定，这不但需要技能和知识，还需要怀抱耐心和善意，在了解患者的同时，运用科学和智慧整合知识，做出不负人们所托的决定。

感谢大卫让我们了解，在讨论病例时，那些单调的数字背后都是一个个鲜活的生命，而医生抢救的正是未来的人生。

心之所向，生之所在。

服务热线：133-6631-2326　188-1142-1266
读者信箱：reader@hinabook.com

后浪出版公司
2019 年 9 月

图书在版编目（CIP）数据

我们如何生，我们如何死 /（新西兰）大卫·加勒 (David Galler) 著；欣玫译 . -- 北京：中国友谊出版公司，2019.9

书名原文：Things That Matter：Stories of Life & Death

ISBN 978-7-5057-4835-4

Ⅰ.①我… Ⅱ.①大… ②欣… Ⅲ.①回忆录—作品集—新西兰—现代 Ⅳ.① I612.55

中国版本图书馆 CIP 数据核字 (2019) 第 200136 号

THINGS THAT MATTER: Stories of Life & Death
by David Galler
Copyright © David Galler 2016
First published in 2016 by Allen & Unwin Pty Ltd, Sydney, Australia
Published by arrangement with Allen & Unwin Pty Ltd, Sydney, Australia
through Bardon-Chinese Media Agency
Simplified Chinese translation copyright © 2019
by Ginkgo (Beijing) Book Co., Ltd.
ALL RIGHTS RESERVED

本书中文简体版权归属于银杏树下（北京）图书有限责任公司。

书名	我们如何生，我们如何死
作者	［新西兰］大卫·加勒
译者	欣玫
出版	中国友谊出版公司
发行	中国友谊出版公司
经销	新华书店
印刷	北京盛通印刷股份有限公司
规格	889×1194 毫米　32 开 6.75 印张　141 千字
版次	2019 年 9 月第 1 版
印次	2019 年 9 月第 1 次印刷
书号	ISBN 978-7-5057-4835-4
定价	42.00 元
地址	北京市朝阳区西坝河南里 17 号楼
邮编	100028
电话	（010）64678009

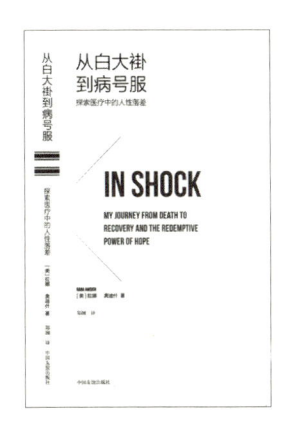

从白大褂到病号服：探索医疗中的人性落差

著　　者：［美］拉娜·奥迪什
译　　者：郑　澜
出版时间：2019 年 11 月

内容简介

　　作为一名年轻的医生，奥迪什曾相信，严格的医疗训练就是她和同行们走上工作岗位前所需的一切，但她很快会发现自己错得有多离谱。在刚刚结束实习，即将开始正式工作时，一个隐匿的肿瘤破坏了她的肝脏，引发了一系列灾难事件，也让她失去了腹中的孩子。她躺在 ICU 里，接受着接二连三的紧急手术，忍受着多重器官衰竭。许多次病情危急时，带给她意料外打击的却是她身边的医生同行——对误诊的冷漠，对病痛的全盘忽视，理所当然的情感疏离。奥迪什感到恐惧不安，然而最重要的是，她感到震惊：患者要面对的不只有疾病本身。在当前最好的医疗条件下，人情味依然是一项奢求。

　　在这本视角独特、文笔优美的回忆录中，奥迪什与读者分享了自己的故事。她呼吁采取行动，让医生们以一种新模式去重新思考医患之间的情感互动，并给所有的疾病研究者提供了一份大胆的路线图。真正的治愈需要良好的沟通、医生充分的同理心以及在医患之间建立起真诚的关系。这是一种双赢的选择。

纵然明日离世，
不碍今日浇花

著　　者：［日］樋野兴夫
译　　者：程　亮
出版时间：2017 年 10 月

内容简介

　　突然患了病，就会对死亡产生畏惧，进而时刻生活在惶恐之中。
　　日本顺天堂大学医学部病理学与肿瘤学教授樋野兴夫，为了填补医生和癌症患者之间的空隙，让医生和患者能够站在平等的立场上讨论癌症，开设了"癌症哲学门诊"。通过为癌症患者开出"话疗处方"，让他们找到比生命更重要的事，有意义地度过余下的人生。这些"话疗处方"经过收录总结，就成为了本书，其中的温馨宁和让无数读者感动落泪，继而重新振作起来，以积极乐观的心态面对人生的每一天。